金色童年阅读丛书
JINSETONGNIANYUEDUCONGSHU

YULEIDASOUQI

鱼类大搜奇

武晓飞 编

百花文艺出版社
BAIHUA LITERATURE AND
ART PUBLISHING HOUSE

图书在版编目(CIP)数据

鱼类大搜奇 / 武晓飞编.—天津：百花文艺出版社，2010.1
(金色童年阅读丛书)
ISBN 978-7-5306-5584-9

Ⅰ.①鱼… Ⅱ.①武… Ⅲ.①鱼类—青少年读物
Ⅳ.①Q959.4-49

中国版本图书馆 CIP 数据核字(2009)第 231126 号

百花文艺出版社出版发行
地址:天津市和平区西康路 35 号
邮编:300051
e-mail:bhpubl@public.tpt.tj.cn
http://www.bhpubl.com.cn
发行部电话:(022)23332651　邮购部电话:(022)27695043
全国新华书店经销
天津新华二印刷有限公司印刷
*
开本 880×1230 毫米　1/32　印张 5.5
2010 年 2 月第 1 版　2010 年 2 月第 1 次印刷
定价:12.50 元

前言 QIAN YAN

对于鱼，大家并不陌生，鱼类是最古老的脊椎动物。它们几乎栖居于地球上所有的水生环境——从淡水的湖泊、河流到咸水的大海和大洋。由于鱼类终生生活在海水或淡水中，大都具有适于游泳的体形和鳍，用鳃呼吸，以上下颌捕食。出现了能跳动的心脏分为一心房和一心室。血液循环为单循环。脊椎和头部的出现，使鱼纲发展进化成最能适应水中生活的一类脊椎动物。由于水域、水层、水质及水里的生物因子和非生物因子等水环境的多样性，故鱼类的体态结构为适应外界不同变化产生了不同的变化。

世界上现存的鱼类约两万四千种。在海水里生活的占三分之二，其余的生活在淡水中。中国计有两千五百种，其中可供药用的有百种以上，常见的药用鱼类有海马、海龙、黄鳝、鲤鱼、鲫鱼、鲟鱼（鳔为鱼鳔胶）、大黄鱼（耳石为鱼脑石）、鲨鱼等等。另外，还常用作医药工业的原料，例如鳕鱼、鲨鱼或鳐的肝是提取

鱼肝油(维生素A和维生素D)的主要原料。从各种鱼肉里可提取水解蛋白、细胞色素C、卵磷脂、脑磷脂等。河鲀的肝脏和卵巢里含有大量的河豚毒素，可以提取出来治疗神经病、痉挛、肿瘤等病症。大型鱼类的胆汁可以提制“胆色素钙盐”，为人工制造牛黄的原料。

不过你想更多地了解鱼吗？鱼的祖先是谁？最大的鱼和最小的鱼是什么鱼？有不长眼睛的鱼吗？有眼睛长在一边的鱼吗？有会发射水枪的鱼吗？……本书饶有趣味地介绍了从古至今出现的各种各样的鱼，内容新奇有趣，融知识性、趣味性、科学性、可读性为一体，能引导读者在趣味盎然的阅读享受中，将你带入一个令人神往的鱼类大世界，让你了解一个又一个鱼的奥秘。语言清晰明丽，文笔生动有趣，故事耐人寻味，让你受到科普知识的教育，开阔科学知识的视野，是青少年朋友们探索神奇鱼类世界的最佳读物。

——编者

Contents

目录

一 qiān qí bǎi tài zhī yú “千奇百态”之鱼

xiōngměng hěn dú zhī yú
二 "凶猛狠毒"之鱼

jiāo xiǎo líng lóng zhī yú

三 “娇小玲珑”之鱼

xuàn lì duō cǎi zhī yú
四 “绚丽多彩”之鱼

duō cǎi wèi měi zhī yú
五 "多彩味美"之鱼

一 「千奇百态」之鱼

QIAN QI BAI TAI ZHI YU

鱼类的远祖**文昌鱼**

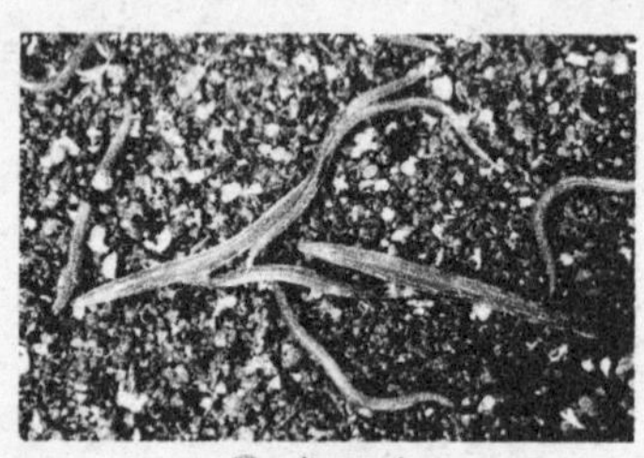

文昌鱼

文昌鱼是一类小型海洋动物，它生活在温、热带的海滨沙滩上。白天，它很少活动，喜欢将身体埋入沙中，只露出前端。夜晚，它离开沙滩，在浅水海域里漂游。它一遇惊吓，便迅速地将身体沉埋于沙中，以逃避敌害。我国青岛、厦门等地的沿海都有文昌鱼分布。

文昌鱼呈半透明乳白色，身体侧扁，纺锤形，体长一般在50毫米左右，看上去像一条漂亮的小鱼。但是它算不上真正的鱼，只是鱼类的一个远祖。

yuǎn gǔ shí dài de huó huà shí xún yú

远古时代的活化石**鲟鱼**

人与鲟鱼共舞

xún yú shì yì zhǒng gǔ lǎo
鲟鱼是一种古老、
dī děng de yú lèi chū xiàn yú
低等的鱼类，出现于
gǔ dì zhì shí qī de bái è jì
古地质时期的白垩纪，
zhì jīn réng bǎo liú zhe jiào duō de
至今仍保留着较多的
gǔ lǎo jié gòu tóu bù pí fū
古老结构，头部皮肤
yǒu méi huā zhuàng de gǎn jué qì xiàn qì quán shì jiè de xún yú gòng
有梅花状的感觉器——陷器。全世界的鲟鱼共
yǒu zhǒng jí zhōng fēn bù yú běi bàn qiú
有27种，集中分布于北半球。

pǔ tōng xún yú de zhòng liàng kě dá qiān kè zuì zhòng de yào
普通鲟鱼的重量可达275千克，最重的要
shǔ é luó sī xún yú tǐ zhòng néng dá dào dūn tā men zài hǎi dǐ
数俄罗斯鲟鱼，体重能达到1.5吨。它们在海底
huò hé dǐ mì shí xún yú wěn bù fēi cháng fā dá xià miàn shēng yǒu duō
或河底觅食。鲟鱼吻部非常发达，下面生有多
duì chù xū néng gòu bāng zhù tā men xún zhǎo shí wù
对触须，能够帮助它们寻找食物。

wǒ guó zuì zhù míng de xún yú yào shǔ zhōng huá xún zhōng huá xún zài
我国最著名的鲟鱼要数中华鲟。中华鲟在

鱼类起源进化与地理分布等方面具有重要的科学研究价值。它是一种大型的溯河洄游鱼类，最大的个体重达680千克。中华鲟平时栖息于亚洲东部沿海的大陆架海域，在海中摄食、发育、生长。繁殖期，中华鲟从河口溯游至上游具有石质河床的江段产卵，受精卵发育成幼鱼后，幼鱼会顺江水而下，来年夏天渐次入海发育、生长。

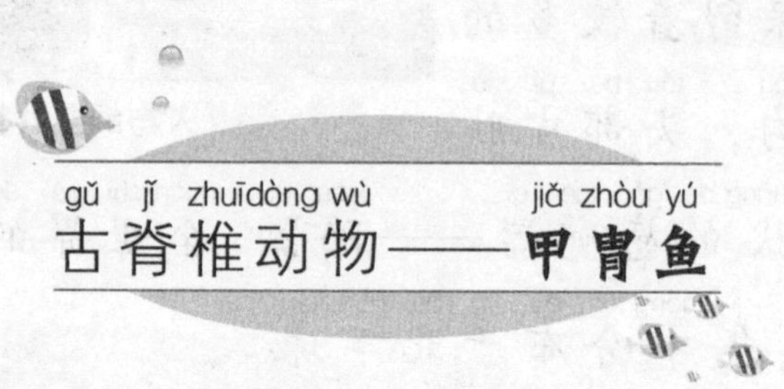

古脊椎动物——甲胄鱼

甲胄鱼生活在距今4亿多年到5亿年间的古生代时期。它们中的大多数身体的前端都包着坚硬的骨质甲胄，形似鱼类，但没有成对的鳍，活动能力很差。同时也没有上下颌，因而没

yǒu fā zhǎn qián tú
有发展前途。

jiǎ zhòu yú shì gè fù zá de lèi qún bāo kuò tóu jiǎ yú lèi quē jiǎ yú lèi bēi jiǎ yú lèi hé qí jiǎ yú lèi děng
甲胄鱼是个复杂的类群，包括头甲鱼类、缺甲鱼类、杯甲鱼类和鳍甲鱼类等，

甲胄鱼

tǐ xíng dà xiǎo bù yī xiǎo de jǐ lí mǐ dà de jǐ shí lí mǐ shēng huó fāng shì yě duō zhǒng duō yàng duō shù zhǒng lèi zài hǎi dǐ guò zhe pá xíng shēng huó kào shǔn xī fāng shì zài hǎi dǐ mì shí dà duō shù jiǎ zhòu yú shēng huó zài dàn shuǐ zhōng tā shì zuì gǔ lǎo de jǐ zhuī dòng wù
体型大小不一，小的几厘米，大的几十厘米。生活方式也多种多样，多数种类在海底过着爬行生活，靠吮吸方式在海底觅食。大多数甲胄鱼生活在淡水中，它是最古老的脊椎动物。

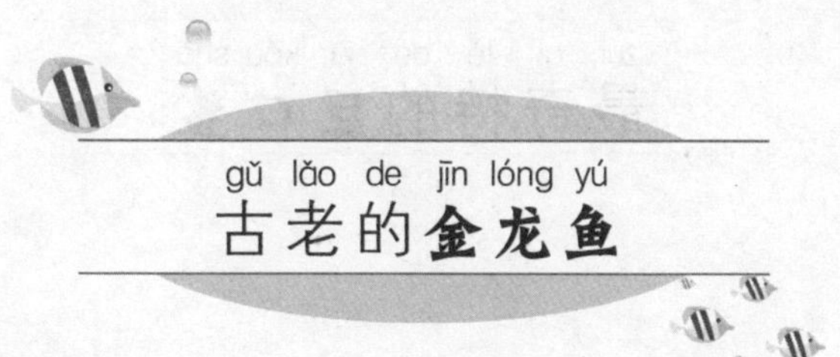

gǔ lǎo de jīn lóng yú
古老的金龙鱼

lóng yú yì zhǒng hěn gǔ lǎo de yú yuán chǎn dì chēng zhī wèi shì xī bān yá yǔ cháng shé de yì si qí xué míng
龙鱼，一种很古老的鱼，原产地称之为Arowana，是西班牙语“长舌”的意思。其学名

“scleropages”，是舌头骨咽状的意思。按分类学上龙鱼属于骨舌鱼科(又叫骨咽鱼科)。

金龙鱼

中国大陆称为“龙鱼”、香港人称之为“龙吐珠”(可能是由于幼龙的卵黄囊像龙珠的缘故)、台湾人称之为“银带”、日本人则称之为“银船大刀”。

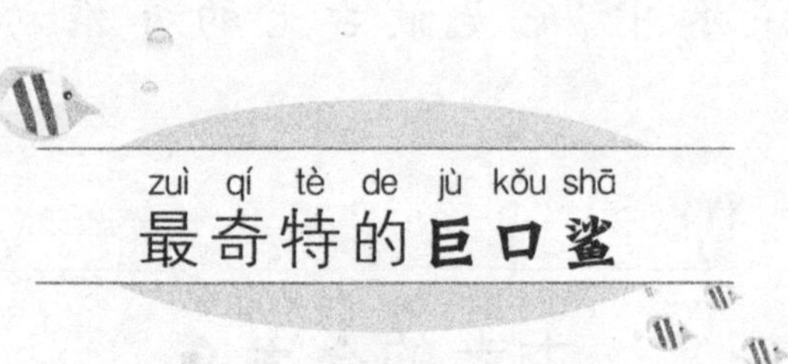

最奇特的**巨口鲨**

地球上最奇特的鲨鱼之一——巨口鲨，是在1976年被发现的。这种全长超过5米、重达680千克的巨鲨，自1976年后，又陆续发现了五条，其中一条是1990年在美国加州外海活捉到的。科学家在这只巨口鲨身上安装了无线电追踪器，以了解巨口鲨的生活习性。根据追踪记录显示：巨口鲨白天大都待在135至150米深的水域里，滤食磷虾为生。黄昏来临后，它会跟着食物源浮升到离海面约12米的范围内猎食，直到天快亮时，才沉回较深的水域。另一种奇特的剑吻鲨，则是大约一百年前发现的，不过到目前为止，科学家对剑吻鲨的了解仍旧很有限。以前的人一直想不通为什么鲸鱼、海豚、海豹身上，总会出现一些圆盘状咬痕，现在这个谜底已经揭晓：原来凶手是一种罕见的尖嘴鲨。其实，广阔的海洋世界仍有许多人们不曾发现的秘密，也许明天又有人在海洋深处发现其他奇特、诡异的鲨鱼呢！

巨口鲨

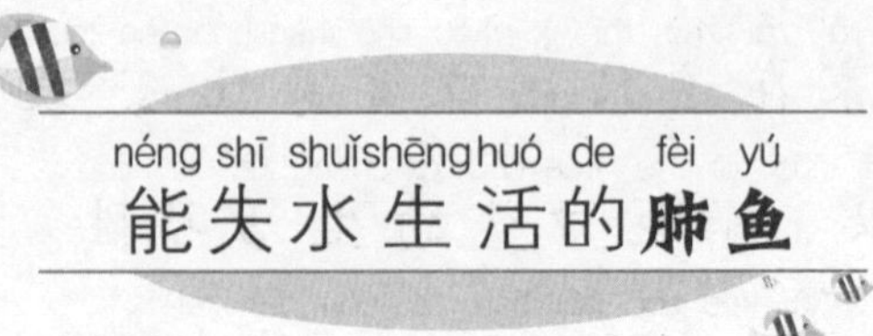

能失水生活的肺鱼

肺鱼

在两亿年前，地球上广泛分布着一种能用肺呼吸的鱼，这就是鱼的老祖宗——肺鱼。这种鱼生着具有肺功能的鳔，在泥塘沼泽干涸时，能用鳔直接呼吸，继续在缺水的环境中生活。

肺鱼体形细长似鳗，鳞片很小且隐藏在皮下，胸鳍和腹鳍退化成鞭状，有左右两个鳔。它们除了能用鳃在水中进行呼吸之外，还能用口腔吸进空气中的氧气，经由肠子送到鳔内。鳔

de gòu zào hěn xiàng fèi lǐ miàn mì bù zhe fēn zhī fán duō de xuè guǎn wǎng
的构造很像肺，里面密布着分支繁多的血管网
hé lèi sì yú lù shēng dòng wù fèi bù de qì pào kě yǐ yǔ wài jiè jìn
和类似于陆生动物肺部的气泡，可以与外界进
xíng qì tǐ jiāo huàn suǒ yǐ yǒu rén chēng zhè zhǒng biào wéi yuán shǐ fèi
行气体交换，所以有人称这种鳔为“原始肺”，
fèi yú zhī míng yě yóu cǐ ér lái
肺鱼之名也由此而来。

gān wèi hòu dài xī shēng de guī yú
甘为后代牺牲的**鲑鱼**

guī yú yòu míng sān wén yú shì guī kē yú lèi de tǒng chēng yòu jiào
鲑鱼又名三文鱼，是鲑科鱼类的统称，又叫
guī zūn yú huà shí xiǎn shì guī yú zài yī yì duō nián qián jiù yǐ jīng
鲑鳟鱼。化石显示，鲑鱼在一亿多年前就已经
chū xiàn zài dì qiú shang le guī yú píng cháng shēng huó zài běi tài píng yáng
出现在地球上了。鲑鱼平常生活在北太平洋
hé běi dà xī yáng de hán lěng shuǐ yù zhōng shēng zhí jì jié zé huí yóu zhì
和北大西洋的寒冷水域中，生殖季节则洄游至
yà zhōu hé měi zhōu yán àn de hé liú li qù chǎn luǎn chéng nián guī yú de
亚洲和美洲沿岸的河流里去产卵。成年鲑鱼的
tǐ zhòng kě dá dào qiān kè tǐ cháng jìn mǐ shǔ ròu shí dòng wù
体重可达到15千克，体长近1.2米，属肉食动物，
yǐ qí tā yú lèi hé yì xiē xiǎo dòng wù wéi shí
以其他鱼类和一些小动物为食。

鲑鱼

鲑鱼是典型的溯河性洄游鱼类。在河流里，它们主要以昆虫和蠕虫为食。当长到约15厘米时，它们便会向河流的下游游去，经过长途迁徙来到大海，开始了在大海中的生活。成年鲑鱼会漫游到遥远的大西洋，但2至4年后，它们又会回到淡水里繁殖。它们主要通过嗅觉导引前行，回到那条哺育它们成长的河流中。

初入河时，鲑鱼的体形和颜色都处在正常状态，而随着溯游时体力的消耗，它们的体形会变得侧扁，体色也逐渐变得灰暗。到达产卵地后，鲑鱼几乎已经耗尽了体内全部脂肪和一半左右的蛋白质。一条雌鲑鱼身后常尾随数条雄鱼，到水深约40至120厘米、多小卵石的河底后，雌鲑鱼会用身体击打水底做成一个长约2.5

米、宽1.5米的卵形或箱形大坑，再在坑内做3个窝，将卵产于窝内。之后，几条雄鱼也会立即并肩痉挛着排出精液。雄鱼产精后便会晕死，被水流带走。雌鱼则找来一些小石子儿将3个小窝盖住，并守护它们直到自己瘦死。

游泳冠军旗鱼

动物中的游泳冠军可算是旗鱼了，就连最快的轮船也追不上它。而旗鱼能游得这么快，是因为它生活在水流很快的海里，如果游得慢就会被海浪卷走。所以经过长期锻炼，旗鱼就游出了惊人的速度。

旗鱼

旗鱼是大型海鱼，身体滚圆粗壮，可以长到小轿车那么长。它的背部是蓝紫色的，身体两侧布满银白色的小圆点。旗鱼还长着一个又长又高的背鳍，可以自由折叠。竖起来的背鳍仿佛一面迎风招展的旗帜，因此人们才叫它“旗”鱼。

尾部长“眼睛”的弓鳍鱼

弓旗鱼

弓鳍鱼长着向上弯曲的尾鳍，尾部还长着一个黑色的大斑点。当它们在水中游动时，黑斑在水波的映照下像眼睛一样晃动。

早在大约1.5亿年前，弓鳍鱼就出现了。不

guò zài yuǎn gǔ shí dài de shēng huó zhōng gōng qí yú yì diǎn dōu bù gū
过，在远古时代的生活中，弓鳍鱼一点都不孤
dān yīn wèi dāng shí lù dì shang yǒu kǒng lóng zài xíng zǒu tiān kōng zhōng yǒu
单。因为当时陆地上有恐龙在行走，天空中有
shǐ zǔ niǎo zài fēi xiáng tā men hé shuǐ zhōng yóu dòng de gōng qí yú xiāng hù
始祖鸟在飞翔，它们和水中游动的弓鳍鱼相互
wéi bàn wèi dì qiú píng tiān le xǔ duō lè qù
为伴，为地球平添了许多乐趣。

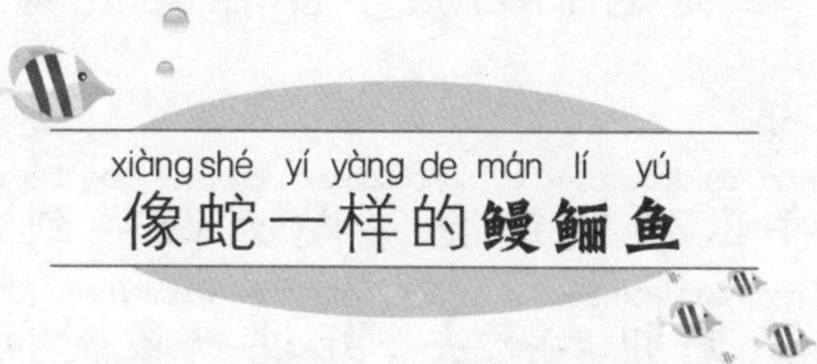

xiàng shé yí yàng de mán lí yú
像蛇一样的鳗鲡鱼

mán lí yòu jiào mán
鳗鲡又叫鳗
yú sú chēng shàn yú shēn
鱼，俗称鳝鱼。身
tǐ chéng yuán tǒng xíng bèi
体呈圆筒形，背
cè wéi huī hè sè fù bù
侧为灰褐色，腹部
chéng bái sè bèi qí hěn
呈白色。背鳍很

鳗鲡

cháng yǔ wěi qí xiāng lián wú fù qí mán yú hé qí tā yú de chā bié
长，与尾鳍相连，无腹鳍。鳗鱼和其他鱼的差别
hěn dà shēn tǐ tè bié cháng tǐ xíng xiàng shé yí yàng mán yú yì bān shēng
很大，身体特别长，体形像蛇一样。鳗鱼一般生
huó zài hé liú hé hǎi yáng zhōng tā zài shēng mìng de zǎo qī jí yòu tǐ shí
活在河流和海洋中，它在生命的早期即幼体时

jiù piāo fú zài hǎi yáng biǎo miàn chéng tòu míng yè zhuàng yǒu xiē mán yú zhǒng
就漂浮在海洋表面，呈透明叶状。有些鳗鱼种
lèi yào jīng guò yí cì lì shǐ xìng de lǚ xíng dào hǎi li chǎn luǎn lì
类要经过一次“历史性”的旅行到海里产卵，例
rú ōu zhōu mán yào héng yuè dà xī yáng dào měi zhōu de mǎ wěi zǎo hǎi zhōng chǎn
如欧洲鳗要横越大西洋到美洲的马尾藻海中产
luǎn xíng chéng cháng dá qiān mǐ chéng nián mán yú huì sǐ zài mǎ wěi
卵，行程长达6400千米。成年鳗鱼会死在马尾
zǎo hǎi li dàn shì tā men de hái zi huì zài cì héng yuè dà xī yáng huí
藻海里，但是它们的孩子会再次横越大西洋回
dào ōu zhōu
到欧洲。

chéng nián ōu zhōu mán lí huì chuān yuè dà xī yáng dào mǎ wěi zǎo hǎi
成年欧洲鳗鲡会穿越大西洋到马尾藻海
qù chǎn luǎn chǎn wán luǎn hòu sǐ qù jīng guò yí duàn shí jiān hòu luǎn fā
去产卵，产完卵后死去。经过一段时间后，卵发
yù chéng yòu yú yòu yú huì zì jǐ fǎn huí ōu zhōu zhè yàng de yí cì
育成幼鱼，幼鱼会自己返回欧洲。这样的一次
lǚ xíng yào huā diào tā men nián de shí jiān
旅行要花掉它们3年的时间。

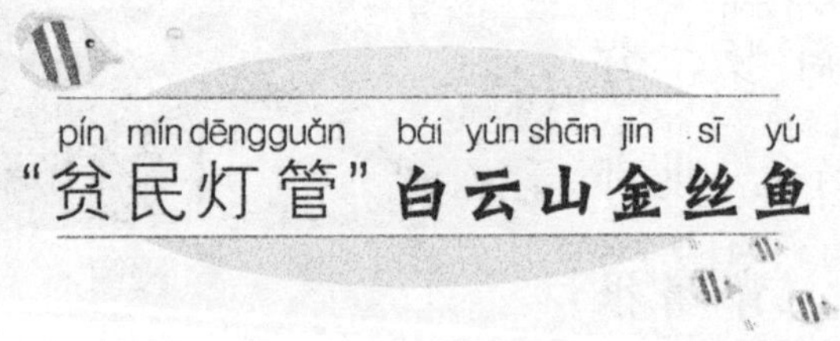

pín mín dēng guǎn bái yún shān jīn sī yú
“贫民灯管”白云山金丝鱼

bái yún shān jīn sī yú de shēn tǐ chéng àn lǜ sè shēn tǐ liǎng cè
白云山金丝鱼的身体呈暗绿色，身体两侧
gè yǒu yì tiáo jīn hóng sè de shuǐ píng tiáo wén guàn chuān yǎn jing zhí dá wěi bǐng
各有一条金红色的水平条纹贯穿眼睛直达尾柄

金丝鱼

jī bù chā xíng de wěi qí
基部，叉型的尾鳍
chéng yàn hóng sè fù qí
呈艳红色，腹鳍
hé bèi qí lüè dài huáng sè
和背鳍略带黄色。
zhè shì yì zhǒng chǎn zì wǒ
这是一种产自我
guó de xiǎo xíng lǐ kē yú
国的小型鲤科鱼
lèi zǎo zài shàng shì jì chū
类，早在上世纪初
de sān shí nián dài jiù bèi fā xiàn dāng shí chēng tā wéi táng yú yòu
的三十年代就被发现，当时称它为“唐鱼”，又
yīn wèi dāng shí zhōng guó de pín qióng luò hòu tā yě yīn cǐ yǒu le yí ge
因为当时中国的贫穷落后，它也因此有了一个
jù yǒu wǔ rǔ xìng de míng chēng pín mín dēng guǎn dāng bái yún shān
具有侮辱性的名称——“贫民灯管”。当白云山
jīn sī yú zuò wéi rè dài guān shǎng yú bèi tuī guǎng sì yǎng shí kě yǐ shuō
金丝鱼作为热带观赏鱼被推广饲养时，可以说
jǔ shì jiē jīng
举世皆惊！

liǎng zhī yǎn jing zhǎng zài yì biān de bǐ mù yú
两只眼睛长在一边的**比目鱼**

zài guǎng kuò de hǎi yáng shēn chù yǒu yí lèi zhǎng xiàng gǔ guài de yú
在广阔的海洋深处，有一类长相古怪的鱼，

tā men liǎng zhī yǎn jing de wèi zhì yǔ zhòng bù tóng zài tóu de tóng yí cè
它们两只眼睛的位置与众不同：在头的同一侧，
suǒ yǐ tā men jiào bǐ mù yú yòu yīn wèi tā men de shēn tǐ biǎn píng
所以它们叫“比目鱼”；又因为它们的身体扁平，
suǒ yǐ yě jiào biǎn yú
所以也叫“扁鱼”。

比目鱼

bǐ mù yú de yǎn jing shì zěn yàng còu dào yì qǐ de ne qí shí
比目鱼的眼睛是怎样凑到一起的呢？其实，
gāng fū huà chū lái de xiǎo bǐ mù yú yǎn jing yě shì shēng zài liǎng biān de kě shì dāng tā zhǎng dào lí mǐ cháng shí qí
刚孵化出来的小比目鱼，眼睛也是生在两边的。可是当它长到1厘米长时，奇
guài de shì qing fā shēng le yì biān de yǎn jing kāi shǐ bān jiā yì
怪的事情发生了：一边的眼睛开始“搬家”，一
zhí yí dòng dào gēn lìng yì zhī yǎn jing jiē jìn shí cái tíng zhǐ bú dòng yīn
直移动到跟另一只眼睛接近时，才停止不动。因
wèi bǐ mù yú de tóu gǔ bú shì hěn yìng róng yì shòu dào jī ròu de qiān
为比目鱼的头骨不是很硬，容易受到肌肉的牵
yǐn suǒ yǐ bú huì duì yǎn jing de yí dòng zào chéng zǔ ài fǎn ér huì suí
引，所以不会对眼睛的移动造成阻碍，反而会随
zhe yǎn jing yì qǐ bān jiā biàn de wān qū
着眼睛一起“搬家”，变得弯曲。

méi yǒu lín piàn de nián yú
没有鳞片的**鲇鱼**

鲇鱼

nián yú shēn tǐ biǎo miàn nián hū hū de méi yǒu lín dà zuǐ biān zhǎng zhe sì gēn xū shàng miàn yǒu xǔ duō chù jué xì bāo hé wèi jué xì bāo yòng yǐ bāng zhù tā men xún zhǎo shí wù yǒu de xū hái néng gǎn jué dào qí tā yú lèi fàng chū de wēi ruò diàn liú tā men shēng huó zài hé liú hú pō chí táng li xǐ huan yè wǎn chū lái huó dòng chī xiǎo yú qīng wā hé bèi lèi děng nián yú de zhǒng lèi hěn duō quán shì jiè dà yuē yǒu liǎng qiān duō zhǒng

鲇鱼身体表面黏糊糊的，没有鳞，大嘴边长着四根须，上面有许多触觉细胞和味觉细胞，用以帮助它们寻找食物。有的须还能感觉到其他鱼类放出的微弱电流。它们生活在河流、湖泊、池塘里，喜欢夜晚出来活动，吃小鱼、青蛙和贝类等。鲇鱼的种类很多，全世界大约有两千多种。

sāi dài nián yú de wài bù bǐ bié de nián yú duō zhǎng le yí gè kǒu dai zhè shì tā de fèi sāi dài li bù mǎn le jiàn gé de xiǎo shì hé xì xiǎo de xuè guǎn rú tóng bǔ rǔ dòng wù shēn tǐ li de fèi yí

腮袋鲇鱼的外部比别的鲇鱼多长了一个“口袋”，这是它的肺。腮袋里布满了间隔的小室和细小的血管，如同哺乳动物身体里的肺一样，可以吸收空气中的氧气。

生活在热带地区的腮袋鲇鱼因为有肺来进行呼吸，所以能离开水在岸上爬行。为了寻找潮湿的生活环境，它们经常从已干涸的池塘搬迁到有水的池塘去。腮袋鲇鱼可以像蛇一样在地面上爬行，胸鳍就像小短腿似的帮助它们前进。此外，它们光溜溜的身上没有一片鳞，为了抵挡火辣辣的太阳照射，它们会分泌出一层厚厚的黏液，保护自己的皮肤。如果天气太热，邻近的池塘也干涸无水，它们就会在烂泥里钻一个洞，躲在里面睡大觉，直到有大雨降临时才重新出来活动。

吸血鲇鱼是生活在亚马逊河里的一种小鲇鱼，有两厘米长、两毫米粗，只有拇指的指甲盖儿般大小，专门吸食其他鱼的血。这种类似于寄生虫的鲇鱼，会用嘴咬穿猎物的皮肤，然后吸食它们的鲜血。如果遇到比它们大很多的鱼，

xiǎo nián yú men jiù huì zhí jiē yóu dào dà yú de sāi biān jǐn jǐn de gōu
小鲇鱼们就会直接游到大鱼的腮边，紧紧地钩
zài zhè ge xuè yè liú liàng zuì dà de dì fang jìn qíng de xī shí yǒu
在这个血液流量最大的地方，尽情地吸食。有
shí xiǎo nián yú men zé gān cuì zhù zài dà yú de sāi li bǎ zhè lǐ dàng
时，小鲇鱼们则干脆住在大鱼的腮里，把这里当
chéng yí ge lè yuán ér dǎo méi de dà yú què wú fǎ bǎ zhè xiē qīn lüè
成一个乐园。而倒霉的大鱼却无法把这些侵略
zhě cóng zì jǐ de shēn tǐ li gǎn zǒu zhǐ néng rèn píng tā men zuò wēi zuò fú
者从自己的身体里赶走，只能任凭它们作威作福。

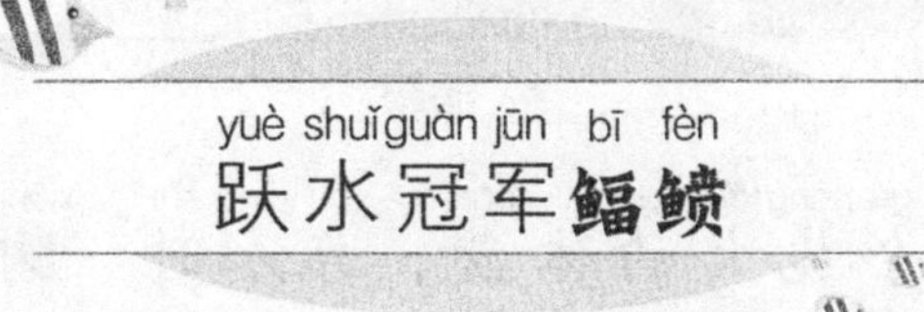

yuè shuǐ guàn jūn bī fèn
跃水冠军鲾鲼

bī fèn shì dà xíng de ruǎn gǔ yú lèi tā tǐ cháng mǐ duō
鲾鲼，是大型的软骨鱼类。它体长7米多，
zhòng dá dūn rú guǒ zá zài xiǎo chuán shang bì dìng shì yì chǎng chuán fān
重达2吨，如果砸在小船上，必定是一场船翻
rén wáng de cǎn huò yóu cǐ bèi chēng wéi hǎi shang è mó
人亡的惨祸，由此被称为“海上恶魔”。

bī fèn xíng zhuàng tè bié rú tóng kōng zhōng fēi xiáng de biān fú tā
鲾鲼形状特别，如同空中飞翔的蝙蝠。它
tóu shang shēng yǒu liǎng gè bǎi dòng de jiǎo jiào zuò tóu qí néng zuǒ
头上生有两个摆动的“角”，叫做“头鳍”，能左
yòu zhuǎn dòng bǔ shí shí shēn zhǎn dào kǒu xià xiàng lòu dǒu yí yàng bǎ shí wù
右转动，捕食时伸展到口下，像漏斗一样把食物
sòng rù kǒu zhōng zuǒ yòu liǎng gè dà xiōng qí biǎn píng ér kuān kuò hé qū
送入口中。左右两个大胸鳍扁平而宽阔，和躯

鲾鲼

体构成一个庞大的体盘，游泳时，胸鳍上下摆动，就像鼓翼飞行的蝙蝠。背上披着灰绿底子带白斑的衣衫，后边拖着一条长长的鞭状尾巴，在游泳时起着平衡身体的作用。

鲾鲼喜欢集群生活在热带和亚热带的海洋中，我国的南海及台湾海峡是它们表演跃水腾空的场地。鲾鲼不但肉味鲜美，还可治疗多种疾病，特别是鲾鲼的腮治疗小儿麻疹有特殊的效果。

xiàng cì wei yí yàng de cì hé tún yú
像刺猬一样的**刺河鲀鱼**

刺河鲀鱼

cì hé tún zhī suǒ yǐ
刺河鲀之所以
dé dào zhè yàng de míng zi
得到这样的名字，
quán shì yīn wèi tā shēnshang pī
全是因为它身上披
mǎn le yìng ér jiān de cì
满了硬而尖的刺。
zhè xiē yìng cì shì yóu bù mǎn
这些硬刺是由布满
quánshēn de lín piàn yǎn biàn ér
全身的鳞片演变而
lái de cì hé tún zài xiū xi de shí hou zhè xiē yìng cì huì píng tiē
来的。刺河鲀在休息的时候，这些硬刺会平贴
zhe shēn tǐ yí dàn yù dào dí rén tā biàn xī rù dà liàng hǎi shuǐ shǐ
着身体，一旦遇到敌人，它便吸入大量海水，使
shēn tǐ péngzhàng shēnshang de lì cì yě huì shù qǐ lái jiù xiàng luò rù
身体膨胀，身上的利刺也会竖起来，就像落入
shuǐzhōng de cì wei yòng zhè zhǒng fāng fǎ lái xià pǎo dí rén dàn zhè shēn
水中的刺猬，用这种方法来吓跑敌人。但这身
jiān yìng de kuī jiǎ yě xiàn zhì le tā men de huó dòng chú le zuǐ ba yǎn
坚硬的盔甲也限制了它们的活动，除了嘴巴，眼
jing hé jǐ gè xiǎo xiǎo de qí kě yǐ huó dòng wài quánshēn dōu shì jiāng yìng de
睛和几个小小的鳍可以活动外，全身都是僵硬的。

cì hé tún suī rán yǒu tǐ biǎo jiān yìng de kuī jiǎ dàn tā yóu de
刺河鲀虽然有体表坚硬的盔甲，但它游得
màn hěn kě néng chéng wéi yóu de kuài de yú lèi kǒu zhōng de měi shí wèi
慢，很可能成为游得快的鱼类口中的美食。为
le shēng cún cì hé tún jiù wǎng tǐ nèi xī rù dà liàng de shuǐ shǐ tǐ xíng
了生存，刺河鲀就往体内吸入大量的水使体形
biàn dà pò shǐ zhuī zhú tā de yú fàng qì chī tā de dǎ suàn kē xué
变大，迫使追逐它的鱼放弃吃它的打算。科学
jiā men zǐ xì guān chá le tā de péng zhàng jì yì fā xiàn zài píng jìng shí
家们仔细观察了它的膨胀技艺，发现在平静时，
tā men de tǐ jī shì háo shēng ér dāng shēn tǐ zhǎng gǔ gǔ shí
它们的体积是1800毫升，而当身体涨鼓鼓时，
liú chū de shuǐ jiù yǒu duō háo shēng
流出的水就有3800多毫升。

cì hé tún shì yú lèi shì jiè zhōng de cì wei tā yǔ cì wei xiāng
刺河鲀是鱼类世界中的刺猬，它与刺猬相
tóng de shì zài yù dào wēi xiǎn shí huì lì kè bǎ shēn shang de yìng cì shù qǐ
同的是在遇到危险时会立刻把身上的硬刺竖起
lái ér tā yǔ cì wei bù tóng de shì tā kě yǐ bǎ shēn tǐ xiàng qì qiú
来；而它与刺猬不同的是，它可以把身体像气球
yí yàng péng zhàng qǐ lái yí dàn yù dào wēi xiǎn shí tā men biàn xùn sù
一样膨胀起来。一旦遇到危险时，它们便迅速
tūn xià dà liàng shuǐ fèn shǐ shēn tǐ péng zhàng dào yuán lái de liǎng sān bèi
吞下大量水分，使身体膨胀到原来的两三倍，
dāng wēi xiǎn jiě chú hòu tā men de shēn tǐ yòu huì màn man de huī fù yuán zhuàng
当危险解除后，它们的身体又会慢慢地恢复原状。

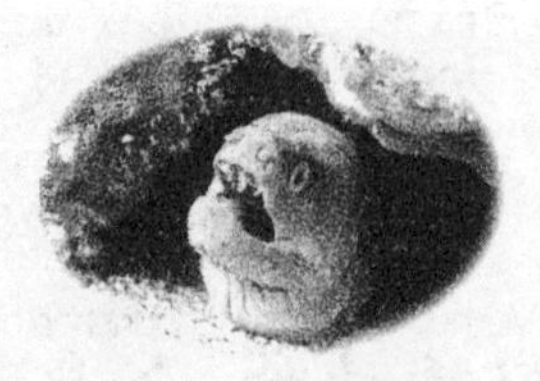

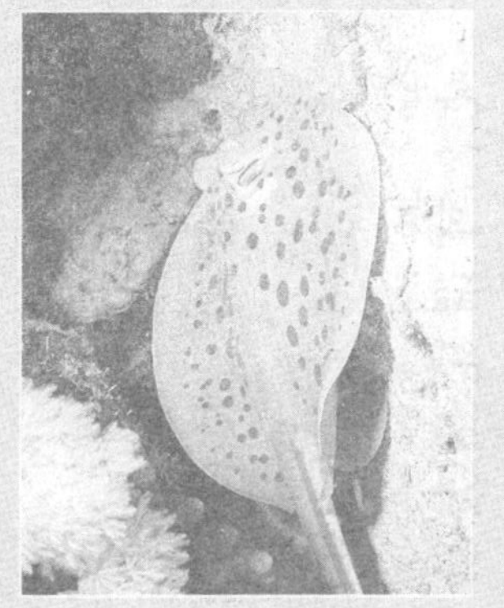

二 “凶猛狠毒”之鱼

XIONG MENG HEN DU ZHI YU

白色的死神**大白鲨**

大白鲨也称噬人鲨，属软骨鱼，是鲨鱼家族中最凶猛的掠食者。大白鲨体长可达6米，重达1.8吨，可谓庞然大物。大白鲨分布在所有的温带和热带海域，常游弋于暖水性的大洋上层，偶尔也会钻入深海，以鱼类、海狮和海豹为主要食物。它们口中几排并列的呈锯齿状的牙齿异常锐利，且具有再生性，它们常用巨齿把猎物撕成碎片，然后进食。大白鲨也会攻击人，是人类航海中的危险动物。

大白鲨

mó guǐ yú yáo yú
“魔鬼鱼”鳐鱼

yáo yú yě jiào
鳐鱼也叫
mó guǐ yú shēn tǐ
“魔鬼鱼”，身体
biǎn píng xiōng qí kuān
扁平，胸鳍宽
dà wěi xì cháng tǐ
大，尾细长。体
cháng yuē mǐ shǔ
长约1米，属
zhōng xiǎo xíng ruǎn gǔ yú
中小型软骨鱼
lèi duō shēng huó zài hǎi
类，多生活在海
yáng zhōng yáo yú xíng dòng huǎn màn cháng cháng qián fú zài hǎi dǐ bǎ shēn
洋中。鳐鱼行动缓慢，常常潜伏在海底，把身
tǐ bàn mái zài ní shā zhōng yáo yú yóu dòng shí kào kuān dà de xiōng qí
体半埋在泥沙中。鳐鱼游动时，靠宽大的胸鳍
shàng xià bō dòng shǐ shēn tǐ qián jìn quán shì jiè yǒu sì bǎi duō zhǒng yáo
上下波动使身体前进。全世界有四百多种鳐
yú yǒu de hái huì fàng diàn tā men duō yǐ xiǎo yú xiǎo xiā bèi lèi
鱼，有的还会放电。它们多以小鱼、小虾、贝类
děng hǎi dǐ shēng wù wéi shí
等海底生物为食。

鳐鱼

鳐鱼的牙齿像石臼，能磨碎任何东西。由于它们总是把自己埋藏在沙土里，不易发现背后的偷袭，所以它们的背部演化出了一根剧毒的红刺，作为它们自卫的武器。有些鳐鱼的尾鳍已经退化为一条长鞭状的尾巴，上边长有一个坚硬的带倒钩的刺，这根刺可用来刺死猎物和防御敌人。有的鳐鱼尾刺上有剧毒，它们可以通过尾刺将毒液注入猎物或敌人的身体。

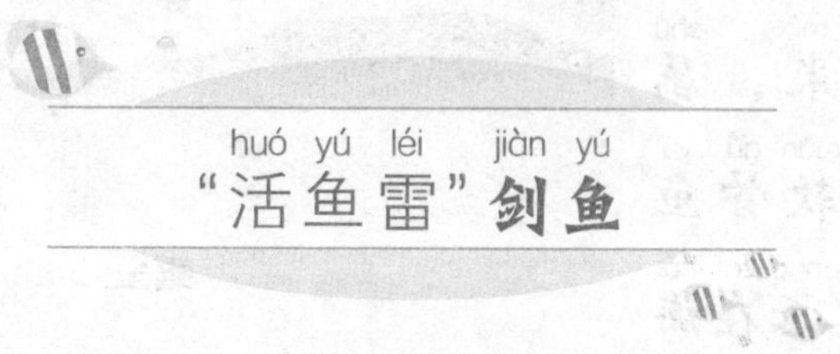

“活鱼雷”剑鱼

剑鱼属鲈形目，又叫箭鱼，是一种大型鱼类，体长5至6米，体重600至700千克，生活在热带和亚热带海洋里，常单独在远离海岸的海面上游动。剑鱼上颌很长，呈剑状突出，长一

剑鱼

mǐ yǐ shàng gǔ zhì jiān yìng zhěng
米以上，骨质坚硬。整
gè shēn tǐ chéng fǎng chuí xíng liǎng gè
个身体呈纺锤形，两个
bèi qí zhōng yí gè cháng ér jiān lìng
背鳍中一个长而尖，另
yí gè què duǎn ér xì wěi qí chéng
一个却短而细，尾鳍呈
xīn yuè xíng zhè yàng de tǐ xíng gòu
新月形。这样的体形构
zào shǐ de tā yóu yǒng de sù dù jí
造使得它游泳的速度极
kuài shí sù kě dá duō qiān mǐ chōng jī lì yě hěn dà rú tóng shè
快，时速可达130多千米，冲击力也很大，如同射
chū de zǐ dàn tǐ biǎo bèi bù chéng shēn lán sè fù bù chéng chún lán sè
出的子弹。体表背部呈深蓝色，腹部呈纯蓝色，
zhè yàng de tǐ sè zài jìn hǎi yú lèi zhōng fēi cháng shǎo jiàn jiàn yú yǒu hěn
这样的体色在近海鱼类中非常少见。剑鱼有很
qiáng de gōng jī xìng tā bú dàn gōng jī dà xiǎo yú lèi jiù lián hǎi shang
强的攻击性，它不但攻击大小鱼类，就连海上
háng xíng de yú chuán hé hǎi lún tā yě gǎn gōng jī mù chuán duì tā lái
航行的渔船和海轮，它也敢攻击。木船对它来
shuō gèng shì bú zài huà xià tā néng yòng shàng hé zài chuán tǐ shang záo yí gè
说更是不在话下，它能用上颌在船体上凿一个
kū long bǎ xiǎo chuán nòng fān gōng jī dà hǎi lún shí tā huì cóng yuǎn chù
窟窿，把小船弄翻。攻击大海轮时，它会从远处
jí sù chōng guò lái jiù xiàng hǎi zhàn shí hou cóng yú léi tǐng shang fā shè chū
急速冲过来，就像海战时候从鱼雷艇上发射出
lái de yú léi yí yàng suǒ yǐ rén men gěi le tā yí gè hùn míng jiào huó
来的鱼雷一样，所以人们给了它一个诨名，叫“活
yú léi jiàn yú shēng xìng bào zào xiōng měng dà bù fen shí jiān dōu zài dà
鱼雷”。剑鱼生性暴躁凶猛，大部分时间都在大
yáng shēn chù yōu xián dù rì bú guò yí dàn yǒu shuí rě nù le tā tā jiù
洋深处悠闲度日，不过一旦有谁惹怒了它，它就

会雷霆大怒，不顾一切地向侵犯者发出攻击。

第二次世界大战期间，一条长5.5米、重700多千克的剑鱼，用它长达1.5米的“利剑”，将在大西洋航行的英国油轮“巴尔巴拉”号的钢铁外壳给戳穿了。1961年，一条剑鱼把一艘英国军舰的钢甲船体连凿了好几个洞，人们只好发出求救信号，请飞机载来潜水员堵住船体的漏洞，军舰才幸免沉没。

水中杀手食人鲳鱼

在南美亚马逊河有一种食人鲳鱼。这种鱼体表有黑色小斑点，腹部呈橙黄色，腹鳍也是黄色，非常美丽；可是它的牙齿，像锯齿般锋利，任何肉类都可咬掉吞食。在原产地，无论多么巨大的动物，如果涉水而过，便会被这种食人鲳群起而袭击，一旦被其咬伤，就会因流血过多而失去支持力量，陷入水底被淹死。当尸体还未全部沉入水底之前，就已被食人鲳把皮肉撕成一块块，吃个精光，只剩下骨骼了。这种鱼还会在河边以迅速的动作，把汲水者的手指咬掉。

食人鲳

食人鲳是不好惹的家伙。前年，泰国有人把食人鲳引进国内作为观赏鱼饲养，惊动了曼谷警方。他们多方搜集食人鲳的“犯罪”资料。警方决不是小题大作，因为泰国气候温和，适合这种鱼生长，如果私人饲养的食人鲳趁河水泛滥之机偷偷溜走，大有可能在当地繁殖成灾，那人就会惹祸上身了。泰国渔业部门

yí wèi yán jiū zhè zhǒng yú de kē jì rén yuán de shǒu zhǐ jiù céng bèi shí rén
一位研究这种鱼的科技人员的手指就曾被食人
chāng yǎo shāng yīn wèi tā bǎ shǒu zhǐ shēn jìn yǎng yǒu zhè zhǒng yú de yú gāng
鲳咬伤，因为他把手指伸进养有这种鱼的鱼缸
li jù shuō měi guó zǎo jiù zhī qí lì hai hěn jiǔ zhī qián jiù jìn zhǐ
里。据说，美国早就知其厉害，很久之前就禁止
tā men rù jìng le
它们入境了。

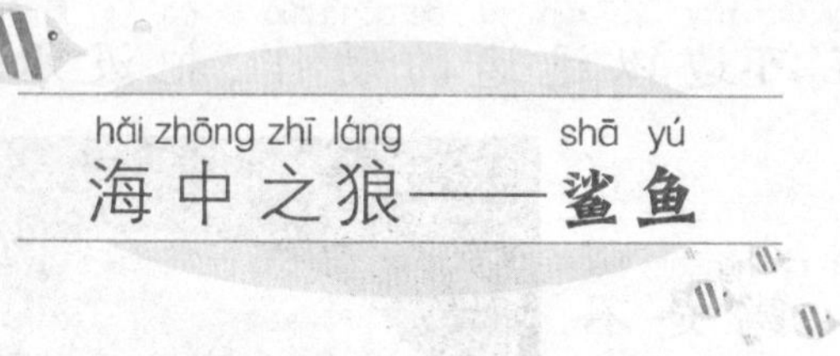

hǎi zhōng zhī láng —— shā yú
海中之狼——鲨鱼

shuō qǐ lái shā yú jiā zú de lì shǐ kě bù duǎn ne shā yú de
说起来，鲨鱼家族的历史可不短呢，鲨鱼的
zǔ xiān yuē zài yí yì nián qián jiù yǐ yǎn huà chéng jīn tiān zhè fù mú yàng
祖先约在一亿年前就已演化成今天这副模样。

shā yú nà liú xiàn xíng de
鲨鱼那流线型的
shēn tǐ pèi shàng yí fù dà wěi
身体，配上一副大尾
qí zuò wéi dòng lì tuī jìn qì
鳍作为“动力推进器”，
yóu qǐ shuǐ lái bèi qí huá shuǐ
游起水来，背鳍划水
huā lā lā zuò xiǎng duō wēi fēng
哗啦啦作响，多威风！
yǒu nǎ ge dòng wù bù dǎn zhàn xīn jīng
有哪个动物不胆战心惊？

鲨鱼

虽然鲨鱼的骨骼是软骨，跟大多数硬骨鱼不同，但那并不妨碍它们的生活，而没有气囊，就比较麻烦了。硬骨鱼凭借气囊可以舒舒服服停在某一深度，鲨鱼却必须不停地游动，否则就会沉到水底，因此，一般人认为鲨鱼永不睡觉。其实，鲨鱼有时也在一些海底洞穴中“打瞌睡”呢！

由于鲨鱼不停地游动，需要的热量就很多，它们就像一个填不饱的无底洞，成天吃。那些闯入鲨鱼领域的东西，像海豚、海狮、海龟、鱼类等，都成了它们充饥的美食，甚至一些垃圾也被它们糊里糊涂吞进胃中。人们曾在亚德里亚海捕到一条鲨鱼，从它肚里取出了三件大衣、一件雨衣及一块汽车牌子。1935年，澳大利亚一家水族馆里的鲨鱼吐出了一只完好的人的手臂，警察根据手臂上的刺花，侦破了一起重大谋杀案。

有时，鲨鱼饿极了便会六亲不认。为了抢

① 鲨鱼的胃可充当贮藏室

dào shí wù tā men huì dà dǎ chū shǒu hù xiāng gōng jī yì xiē nián lǎo
到食物，它们会大打出手，互相攻击，一些年老
tǐ ruò de huǒ bàn yě jiù bèi tā men guā fēn le
体弱的伙伴也就被它们“瓜分”了。

shuō qǐ shā yú de wèi kou kě bù néng bù tí tā de tè shū gōng
说起鲨鱼的胃口，可不能不提它的特殊功
néng tā bú dàn xiàng gè chāo jí xiàng pí qiú kě yǐ zhàng hǎo dà hǎo
能：它不但像个“超级橡皮球”，可以胀好大好
dà zhuāng shàng hǎo duō dōng xi ér qiě kě yǐ chōng dāng zhù cáng shì yě
大，装上好多东西，而且可以充当贮藏室，也
jiù shì shuō kě yǐ ràng chī jìn qù de dōng xi cún fàng hǎo jǐ gè xīng qī ér
就是说可以让吃进去的东西存放好几个星期而
bú qù xiāo huà
不去消化。

zài zhè ge dà yú chī xiǎo yú de hǎi yáng shì jiè zhōng yào xiǎng shēng
在这个大鱼吃小鱼的海洋世界中，要想生
cún jiù děi yǒu jǐ shǒu jué huó shā yú fèng xíng de yuán zé shì gé
存，就得有几手“绝活”。鲨鱼奉行的原则是“格
shā wù lùn
杀勿论”。

会发射水枪的水弹鱼

在印度和东南亚一带生长着一种号称“活水枪”和“神枪手”的射水鱼，也叫水弹鱼。身长十五六厘米，银白色，扁扁的身体，外表并不奇特，它的特异功能是射水捕食。当它游动时，两眼始终警惕地注视着水面，看有没有好吃的。当它发现苍蝇、

射水鱼

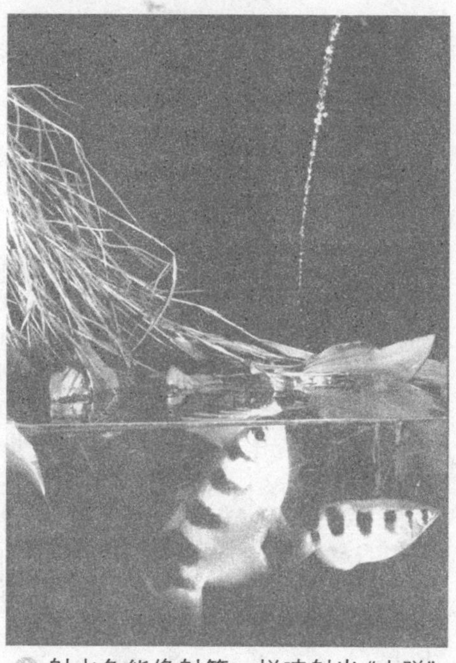

射水鱼能像射箭一样喷射出“水弹”

wén zi qīng tíng děng kūn chóng zài shuǐ miàn lüè guò huò tíng zài shuǐ biān cǎo
蚊子、蜻蜓等昆虫在水面掠过，或停在水边草
yè shí kuài er shang shí biàn huì qīng qīng de yóu dào lí kūn chóng mǐ zuǒ
叶、石块儿上时，便会轻轻地游到离昆虫1米左
yòu de dì fang bǎi kāi jià zi bǎ tóu shēn chū shuǐ miàn zuō jiān zuǐ shù
右的地方，摆开架子，把头伸出水面，嘬尖嘴，竖
zhí shēn tǐ bǎ shì xiān zhǔn bèi hǎo de mǎn zuǐ ba shuǐ duì zhǔn mù biāo
直身体，把事先准备好的满嘴巴水，对准目标、
yǐ jí dà lì qi xiàng shè jiàn yí yàng pēn shè chū yì gǔ shuǐ dàn jiāng
以极大力气像射箭一样喷射出一股“水弹”，将
liè wù jī zhòng diē luò shuǐ zhōng tā biàn yóu lái tūn xià
猎物击中跌落水中，它便游来吞下。

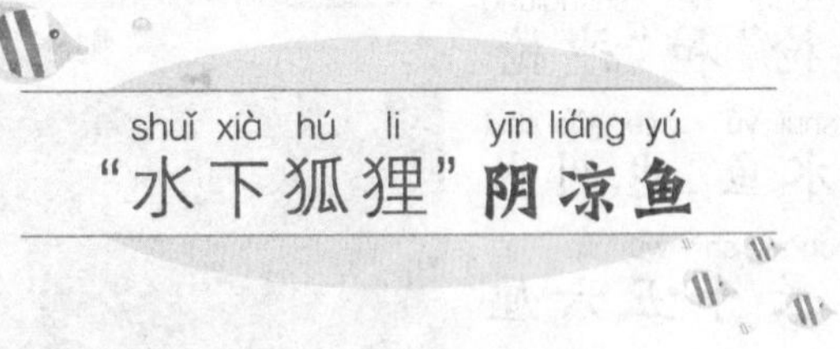

shuǐ xià hú li yīn liáng yú
“水下狐狸”阴凉鱼

nián xiāng gǎng de yì jiā zá zhì kān dēng le yì piān wén zhāng
1960年香港的一家杂志刊登了一篇文章，
pī lù le lóng wáng jiè sǎn de qù wén yí duì nián qīng de qíng lǚ chéng
披露了“龙王借伞”的趣闻。一对年轻的情侣乘
yì zhī yóu tǐng chū gǎng yóu lǎn xià rì de hǎi shang fēng guāng tū rán
一只游艇出港，游览夏日的海上风光。突然，
yí zhèn fēng xí lái jiāng gū niang de yì bǎ huā sǎn guā luò dào shuǐ miàn shang
一阵风袭来，将姑娘的一把花伞刮落到水面上。
rén men diào zhuǎn chuán tóu qù lāo nà bǎ huā sǎn shí huā sǎn què xiàng shēng le
人们调转船头去捞那把花伞时，花伞却像生了
gēn shì de yí dòng yě bú dòng dǎ lāo zhě huā le jiǔ niú èr hǔ zhī lì
根似的一动也不动。打捞者花了九牛二虎之力，

仍然无济于事，只得眼睁睁地望着那把花伞向远方漂去。事情传开后，人们议论纷纷，一时间，龙王借伞的故事变成了街谈巷议的话题。

这是怎么回事呢？有经验的渔民说，那花伞很可能是被阴凉鱼夺走的。因为这种鱼一见到水面上有掉落的衣物，便会飞速游来，与打捞者拼命争夺。

阴凉鱼是生活在海洋上层水域的鱼类，鱼类学家把它称为鲯鳅。这种鱼不喜欢在海面上抛头露面，总是默默地在水下潜游，或悄悄地躲在暗处。一旦发现猎物，它会出其不意地冲上前去，进行突然袭击。阴凉鱼像狐狸那样行踪诡秘、狡猾奸诈，因而人们又叫它“水下狐狸”。

阴凉鱼

然而，狐狸再狡猾，也斗不过好猎手。渔民

menchángcháng lì yòng yīn liáng yú xǐ huan jí jié zài hǎi miàn piāo fú wù xià
们常常利用阴凉鱼喜欢集结在海面漂浮物下
miàn de xí xìng zhì bǔ zhè zhǒng shuǐ xià hú li zài liáo kuò de hǎi
面的习性，智捕这种“水下狐狸”。在辽阔的海
miànshang yú lún sā xià le dà wǎng wǎngzhōngpiāo fú zhe xǔ duō mù piàn
面上，渔轮撒下了大网。网中漂浮着许多木片
hé lú xí zhī lèi de wù tǐ yú lún shang fēi chū yǔ diǎn bān de shí
和芦席之类的物体。渔轮上飞出雨点般的石
tou jī zhòng le zhè xiē piāo fú wù chà nà jiān wǎngzhōngshuǐ huā fēi jiàn
头，击中了这些漂浮物，刹那间网中水花飞溅，
fā chū dīngdāngxiǎngshēng yīn liáng yú jí mánggǎn lái còu rè nao bù duō
发出叮当响声，阴凉鱼急忙赶来凑热闹。不多
jiǔ dà wǎngshōulǒng yí dà qún yīn liáng yú biànchéng le yú mín men de
久，大网收拢，一大群阴凉鱼便成了渔民们的
zhàn lì pǐn
战利品。

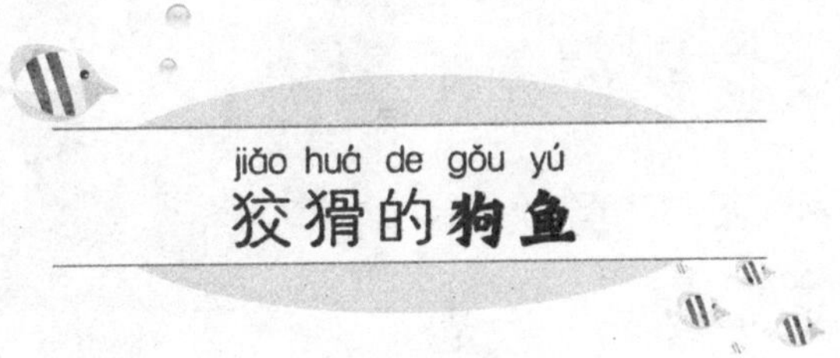

jiǎo huá de gǒu yú
狡猾的狗鱼

gǒu yú shì zhǒng jiǎo huá de yú lèi měi dāng tā kàn dào xiǎo yú yóu
狗鱼是种狡猾的鱼类。每当它看到小鱼游
guò lái shí jiù huì shuǎ huā zhāoyòng wěi ba shǐ jìn bǎ shuǐ jiǎo hún ràng duì
过来时，就会耍花招用尾巴使劲把水搅浑，让对
fāng kàn bú dào zì jǐ rán hòu gǒu yú yí dòng bú dòng de děng dài dāng
方看不到自己。然后狗鱼一动不动地等待，当
xiǎo yú yóu dào jìn chù shí tū rán yì kǒu bǎ tā yǎo zhù jiē zhe sān xià
小鱼游到近处时，突然一口把它咬住，接着三下

五除二地吃掉一大半，剩余的还挂在牙齿上，留着下次再吃。

狗鱼

狗鱼是河流中生性粗暴的肉食鱼。它们喜欢躲在水草丛中，随时准备冲出来抓住任何路过的小鱼，有时候还能捕到小鸭子和青蛙。而且，雌狗鱼比雄狗鱼体型大，也更凶残一些。

相貌丑陋的毒鱼

在海洋珊瑚礁间生活的一种石鱼，相貌极其丑陋。身体呈暗褐色或灰黄色，上面布满大大小小的凸块和疙瘩。一对小眼睛长在大脑袋的疣瘤上。背鳍有12根粗大的毒棘。它的名字叫“毒鲉”，是一种有名的“水下凶手”。

毒鲉不爱活动，经常栖息在浅水的礁石之间。它们静静的半卧在砂石里，看起来很老实，其实不然，当它们遇到危险或发现捕食对象时，会立即引开身上所有的毒棘，刺向对方。这些尖利的棘能够刺穿人的脚跟，受害者很快就失去知觉，如果大血管被刺穿，两三个小时之内便会死亡。毒鲉分布很广，红海、印度洋沿岸、澳大利亚、印度尼西亚和菲律宾海域，都可见到，我国南海及东海也有分布。

毒鲉

因食用小鱼灭绝的**尼罗河鲈鱼**

这种食肉性鱼吃食很凶猛，上钩后，它会不停地跳出水面，试图脱钩。尼罗河鲈鱼是踞盖鱼科的最大成员，据说曾有过400多磅的大鱼，但国际钓鱼联合会的世界纪录是191.5磅，由安迪·戴维森1991年在非洲的维多利亚湖上钓获的。

鲈鱼

尼罗河鲈是非洲许多水域土生土长的大鱼，上世纪50年代，人们在克约伽湖放养了这种鱼，让尼罗河鲈来捕食当地渔民不捕的小丽鱼科鱼类，这样，鲈鱼就能长得更大且肉质会更鲜美。在人们还未来得及对在克约伽湖放养鲈鱼的影响进行评估之前，尼罗河鲈已经被引进维多利亚湖。10年之间，克约伽湖的河鲈已经站稳脚跟、繁衍后代了，到了80年代，尼罗河鲈已成为维多利亚湖上的主要肉食性大鱼。它们以几十种小鱼为食，并使其中的几种已经灭绝。引进河鲈给湖中的土生鱼带来灾难并使商业捕鱼量减少，但另一方面，它们的成长也给这一地区提供了很好的垂钓鱼种。我们可以预言，维多利亚湖上将会产生更多的垂钓纪录。

这种鱼远在非洲，有人说它们很容易咬钩，但大家伙肯定难上钩；在维多利亚湖很多，湖里最大的鱼重量可能达400磅；力大无比，但只在开阔水面挣扎，熟练的钓手加上好的钓具很少让鱼脱钩。但鱼们能跳出水面多次，并猛力挣扎。

shì jiè jí xiōngměng de què shàn dú yú
世界级凶猛的雀鳝毒鱼

jìn rì shàng hǎi mǐn xíng yú zhèngguǎn lǐ jiǎn chá zhàn zài jìn xíng jìn
近日，上海闵行渔政管理检查站在进行禁
yú jiǎn chá shí yì wài fā xiàn yì tiáo tóu bù zhǎng de xiàng yā zi zuǐ de
渔检查时，意外发现一条头部长得像鸭子嘴的
guài yú gāi yú cháng lí mǐ tǐ zhòng kè zuǐ ba chángcháng de
怪鱼，该鱼长42厘米，体重312克，嘴巴长长地
shēn chū lái tǐ qīng huī sè tǐ biǎo yǒu àn hēi sè huā wén pí fū yǒu
伸出来，体青灰色，体表有暗黑色花纹，皮肤有
yìng lín fù gài pí jiān lín hòu pí fū cū cāo jīng shàng hǎi shì shuǐ chǎn
硬鳞覆盖，皮坚鳞厚，皮肤粗糙。经上海市水产
zhuān jiā jiàn dìng zhè tiáo cháng zuǐ yú shì yuánchǎn zì měi zhōu de què shàn
专家鉴定，这条长嘴鱼是原产自美洲的雀鳝，
shǔ shì jiè shí dà xiōngměng dàn shuǐ yú luǎn yǒu jù dú rú guǒ bú shèn shí
属世界十大凶猛淡水鱼，卵有剧毒，如果不慎食

雀鳝

用有生命危险。去年，江苏的嘉兴、广东的东莞也曾发现过美洲雀鳝。

雀鳝从何而来？

雀鳝主要生活在美洲热带河流、美国南部湖泊、中美洲地区、墨西哥以及西印度群岛等地，我国并没有这一物种生存。专家们表示，雀鳝不但有毒，而且对生态系统威胁很大，那长而有力的嘴使它成为淡水中凶猛无比的肉食性鱼类，这种鱼会攻击它所遇见的所有鱼类，一般的淡水鱼都不是它的对手。捕食时，它会一动不动地装死，直到猎物靠近时才发起致命一击，然后围着被咬死的鱼转一至两圈再将其吃掉，在它生存的地方很少有其他鱼类存在。

专家建议，市民在购买观赏鱼时应避免购买外来物种，如果购买了切勿随意放生，以免破坏生态环境。类似美洲雀鳝等鱼类一旦大面积繁殖后，将对我们的渔业资源带来巨大威胁。

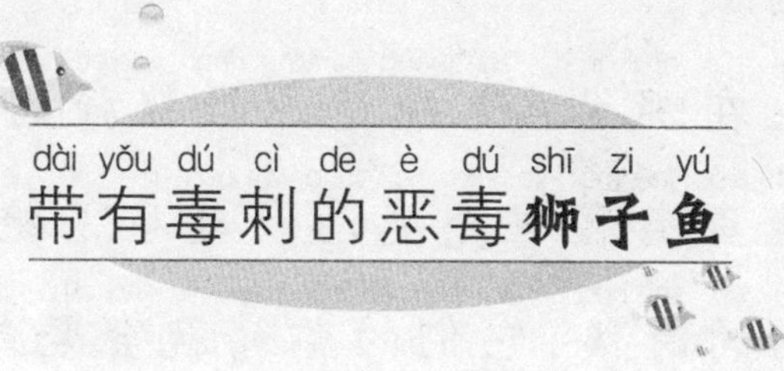

dài yǒu dú cì de è dú shī zi yú
带有毒刺的恶毒狮子鱼

dài yǒu dú cì de è dú shī zi yú zhèng zài jiā lè bǐ hǎi wēn nuǎn
带有毒刺的恶毒狮子鱼正在加勒比海温暖
shuǐ yù zhōng kuài sù fán zhí kuáng chī dāng dì yú lèi cì shāng qián shuǐ yuán
水域中快速繁殖，狂吃当地鱼类，刺伤潜水员，
pò huài dāng dì cuì ruò de shēng tài huán jìng yǐn fā shēng tài wēi jī
破坏当地脆弱的生态环境，引发生态危机。

zhè zhǒng lì sè tiáo wén de shī zi yú běn shì yìn dù yáng hé tài píng
这种栗色条纹的狮子鱼本是印度洋和太平
yáng de yì zhǒng rè dài běn tǔ wù zhǒng kě néng shì cóng měi guó fó zhōu de
洋的一种热带本土物种，可能是从美国佛州的
shuǐ zú guǎn zhōng táo chū lái de rú jīn chū mò zài gè dì shuǐ yù zhōng
水族馆中逃出来的，如今出没在各地水域中，
cóng gǔ bā hé yī sī pà ní
从古巴和伊斯帕尼
ào lā dǎo de hǎi àn dào xiǎo
奥拉岛的海岸到小
kāi màn dǎo shang zhì pǔ de xuè
开曼岛上质朴的血
xīng wān qiáng dōu yǒu shī zi yú
腥湾墙，都有狮子鱼
de shēn yǐng ér xuè xīng wān
的身影。而血腥湾
qiáng shì zhè yí dì qū de zhòng
墙是这一地区的重

狮子鱼

要潜水区域。

无论在哪里，这种适应性极强的捕食者就会将当地鱼类和甲壳类动物赶尽杀绝，当它们靠近猎物的时候，它们的胸鳍就会竖起来，然后开始快速的抖动，这种抖动和响尾蛇尾巴的摆动非常相似。这一举动一是吸引猎物的注意力，二是让狮子鱼的注意力更加集中于它的猎物。当猎物缩在角落，被眼前的一切所迷惑时，狮子鱼便突然收起它所有的鳍，以最快的速度将猎物一口吞下。研究人员观察到一条狮子鱼在不到半小时内可以吞吃20条小鱼。

美国俄勒冈州大学的海洋生态学家马克·西克辛说："这很能成为历史上最具破坏性的海洋入侵事件。而我们一点也不能阻止这种入侵。"西克辛将狮子鱼比作是蝗灾。

狮子鱼经常会摆动着它巨大的胸鳍从水底扫过，用以发现一些潜藏在沙石下或石缝中的小鱼。这种捕食之舞在不同种类的狮子鱼身上会显现出些许不同，如短鬓狮子鱼在捕猎时，背鳍和胸鳍都会颤动；而象鼻狮子鱼则用一种独特的节奏前后颤动它们的背鳍，并且在捕猎时只抖动它们放射状胸鳍的尖端。这种背刺和胸鳍的震动动作在狮子鱼的捕食过程中很常见，这是它们共同的特点，也是它们独特的捕食风格，而且这个动作在某种程度上还提升了狮子鱼的捕食能力。

狮子鱼是近年来很流行的海洋观赏鱼类，它的胸鳍和背鳍长着长长的鳍条和刺棘，形状酷似古人穿的蓑衣，故又被人称为蓑鲉。这些鳍条和刺棘看起来就像是京剧演员背后插着的护旗，一副威风凛凛的样子，在阳光下看起来非常亮丽而多彩。它们时常拖着宽大的胸鳍和长长的背鳍在海中悠闲的游弋，悠游自在，完全不惧怕水中的威胁。就像一只在珊瑚丛中自由飞舞的花蝴蝶。狮子鱼是个机警的猎人及潜伏的掠食者，它们将自己身体的威力发挥到了极致，拥有强大的杀伤力。在海洋中狮子鱼可是有名的“毒王”，它们的毒素会引起剧烈的疼痛、肿胀，有时候还会发生抽搐，最严重时也可能引起死亡。

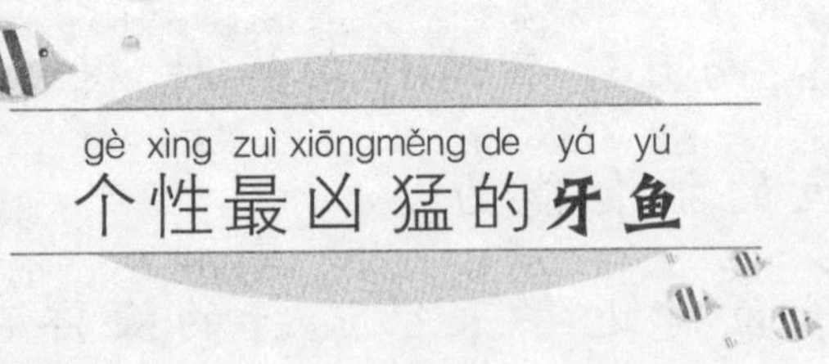

个性最凶猛的牙鱼

牙鱼，曾经一度有人认为它是古代鱼，实际上牙鱼却是一种古老的加拉辛！（Characin的音译，即“脂鲤”。）它拥有着强健的体魄，美丽的身型和凶猛的个性！

另外牙鱼同种之间也经常出现流血冲突，争斗个你死我活。饲养这种鱼要拥有大型的水族箱以及多加些底层鱼分散它们的注意力，这样会有效的避免同种间的正面冲突。

南美牙鱼分布于辛鼓河，体长120cm，是牙鱼中体型最大个性最凶猛的牙鱼！也是饲养者的噩梦，说不定哪天就会对混养的其他热带鱼大开杀戒！南美牙鱼身体会变换颜色。

牙鱼

黑线老虎分布在亚马逊河，体长30cm，在牙鱼中算是比较温和的，但饲养时也一定要注意。因为加拉辛家族大部分都是杀手级的人物，其杀伤力决不比尼罗河杀手（反天刀）差！

狼牙鱼分布在南美大部分地区，体长50cm，是牙鱼中最猛的一种。据资料记载它可以攻击体型比它大很多的热带鱼，所以饲养时要特别注意。

性情凶暴的红尾猫鱼

该鱼外型比较优美，体延长，宽而扁平。在嘴的上下有雪白高贵的白须共6对，其中一对较长，常向前方伸展。该鱼体色基本上有三种颜色：背部的灰黑色、腹部的雪白色、尾鳍的橘红色。且分界极为明显，头及吻部很大，一条白线从吻部一直延伸到尾部，尾和背鳍均为胭脂红色，其他各鳍为蓝黑色，体态优雅。眼眶上半部为白色，形成半个白圈。成鱼体长70～100厘米。

红尾猫

此鱼饲养容易，饲养时需要有过滤器，且要

求单独饲养，在中性或弱碱性软水水质中生活良好，水温25℃左右，饵料为活饵、鱼肉等，白天游水的动作非常优雅，在夜晚开灯后，容易受到惊吓而上下翻动。

这些鱼为了满足自己的食欲，不断的进攻比自己小的鱼。不论什么鱼都不放过，只要自己吃得下！在食量的需求下，这种鱼的进攻性非常强。

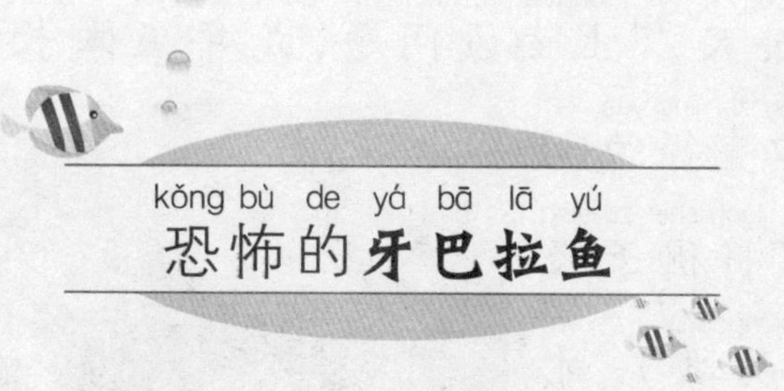

恐怖的**牙巴拉鱼**

英国科学家于2007年8月5日在非洲塞内加尔河发现当地土著传说的牙巴拉鱼（当地俗语意思为恐怖鱼牙），当地传说这种鱼生性凶猛，刀枪不入。

科学家经过1个月对此鱼生态的研究发现，当大型动物渡河时就会受到瞬间攻击，此鱼的咬合力道高达每平方公分80公斤，直径5公分的骨头都能轻易咬断。

由于此鱼是集体攻击，一头牛不到30分就会被吃光，比食人鱼还恐怖，因为食人鱼不会吃骨头，而牙巴拉鱼连骨带肉都吃得一干二净。

牙巴拉鱼体型没有限制，只要食物充足可以长到3公尺以上都没问题，成年鱼体长2公尺以上，张口直径约60公分（可将狮子轻易咬成两段），牙巴拉鱼的鳞片硬度比鳄鱼还硬，一般刀或是鱼枪都无法对它们造成伤害，因为雄性成年鱼会吃掉幼鱼导致牙巴拉鱼数量稀少。此鱼聚集地连鳄鱼

牙巴拉鱼

dōu bù gǎn kào jìn zhǐ yào shì huì dòng de wù tǐ tā men dōu huì gōng jī
都不敢靠近，只要是会动的物体它们都会攻击，
zhè jiù dǎo zhì sài nèi jiā ěr hé zhōng yóu kǎ tè wǎ cūn fù jìn méi yǒu chuán
这就导致塞内加尔河中游卡特瓦村附近没有船
gǎn zài hé shang xíng shǐ yīn wèi cǐ yú kě yǐ qīng yì jiāng dú mù zhōu yǎo pò
敢在河上行驶，因为此鱼可以轻易将独木舟咬破
yí gè dà dòng ruò shì chéng nián yú kě jiāng dú mù zhōu yǎo chéng liǎng duàn
一个大洞，若是成年鱼可将独木舟咬成两段。

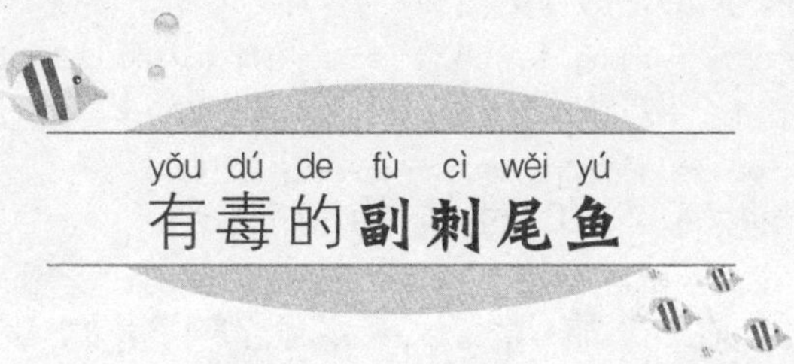

yǒu dú de fù cì wěi yú
有毒的**副刺尾鱼**

fù cì wěi yú sú chēng lán diào cǐ zhǒng yú tǐ sè wéi xiān yàn de
副刺尾鱼俗称蓝吊，此种鱼体色为鲜艳的
bì lán sè tǐ cè yǒu shēn hēi sè de gōu zhuàng bān wěi qí wéi sān jiǎo
碧蓝色，体侧有深黑色的勾状斑，尾鳍为三角
xíng sè xiān huáng shì jù xiān lán sè cǎi de dà xíng yú yòu yú shēng
型，色鲜黄，是具鲜蓝色彩的大型鱼。幼鱼生
huó zài cháo liú tuān jí de qiǎn
活在潮流湍急的浅
hǎi shān hú jiāo qū chī zǎo
海珊瑚礁区。吃藻
lèi fú yóu shēng wù xiǎo yú
类、浮游生物、小鱼
xiā děng shuǐ zú xiāng sì yǎng
虾等，水族箱饲养
yào dài yǒu yí dìng shù liàng de
要带有一定数量的

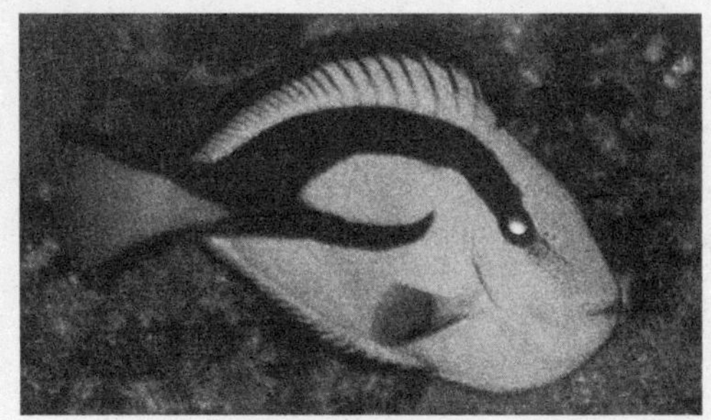

副刺尾鱼

藏身地点及足够的游泳空间。蓝吊相对其他吊类更易养，有时对同类有攻击行为。如果想多条放养，应该同时放入足够大的缸。容易患白点等皮肤寄生虫病。幼鱼驯饵容易，成鱼较困难。可喂食动物性饵料，但要提供足够的海草及海藻等植物性饵料，可在石头上绑上干海草来喂食，也可人工的植物性饵料。

生活在水质清澈，水流较缓的礁岩坡上，活动性较强，喜欢在珊瑚丛中穿梭回旋。当受到大型鱼类的侵袭时，珊瑚就成了它们的避难所，使它们免受大鱼的袭击。当然其中也必然会有个别小鱼因无处藏身而被捕获，成为大型鱼的美味佳肴.栖息于离海底一两米的礁石区，以藻类为食，带有毒性，具有观赏价值。分布在印度洋和西太平洋。

个性凶悍的星点龙鱼

星点龙鱼又叫“澳洲龙鱼”。是龙鱼亚种里的一种原产于澳大利亚的野生古代鱼种。金龙，一般特指的是亚洲龙鱼里的龙鱼。与此完全不同。

澳洲斑纹龙鱼体长可达50公分，产于澳大利亚东部，和星点斑纹龙很相似，幼鱼极为美丽，头部较小，体侧有许多红色的星状斑点，臀鳍、背鳍、尾鳍有金黄色的星点斑纹，成鱼体色为银色中带美丽的黄色，背鳍为橄榄青，腹部

星点龙鱼

yǒu yín sè guāng zé gè qí dōu dài yǒu hēi biān
有银色光泽。各鳍都带有黑边。

shǔ yè xíng xìng yú lèi jìn nián ào dà lì yà zhèng fǔ dà liàng fàng yǎng cǐ yú yú miáo suǒ yǐ shù liàng bú huì shǎo cǐ yú xìng qíng xiōng bào néng yǎo shāng bǐ tā dà xǔ duō de yú lèi
属夜行性鱼类。近年澳大利亚政府大量放养此鱼鱼苗，所以数量不会少。此鱼性情凶暴，能咬伤比它大许多的鱼类。

jìn nián lái wǒ guó yě yǒu yú chǎng fán zhí cǐ yú shǔ yú lóng yú li jiào wéi yì bān de pǐn zhǒng bú suàn zuì zhēn guì de
近年来，我国也有鱼场繁殖此鱼。属于龙鱼里较为一般的品种，不算最珍贵的。

yǎng zhí de huà zhuān jiā rèn wéi jiào hǎo sì yǎng dàn cǐ yú gè xìng xiōng hàn dòu xìng shí zú yǔ qí tā guān shǎng yú hùn yǎng yào duō jiā zhù yì
养殖的话，专家认为，较好饲养。但此鱼个性凶悍，斗性十足，与其他观赏鱼混养要多加注意。

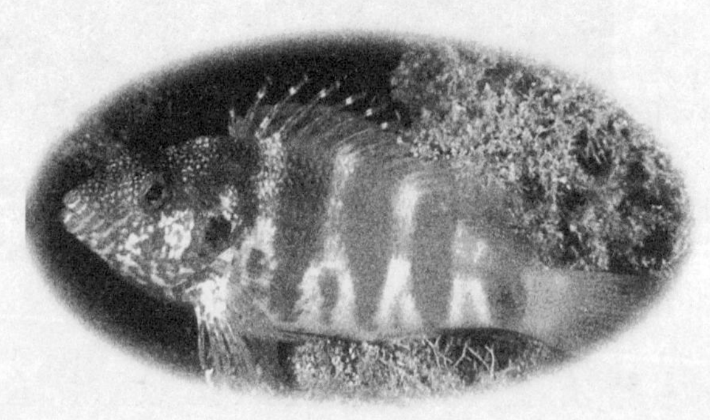

三 『娇小玲珑』之鱼

JIAO XIAO LING LONG ZHI YU

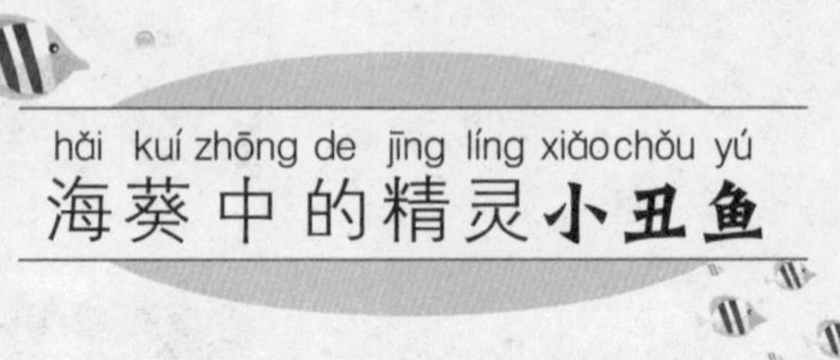

hǎi kuí zhōng de jīng líng xiǎo chǒu yú
海葵中的精灵小丑鱼

xiǎo chǒu yú yìng gǔ yú gāng lú xíng mù què diāo kē hǎi kuí yà kē shì shuāng jù yú de yì zhǒng tā men de shēn tǐ sè cǎi yàn lì duō wéi hóng sè jú hóng sè tǐ cháng jǐn wǔ liù lí mǐ zuǒ yòu yīn wèi qí liǎn bù yǒu yì tiáo huò liǎng tiáo bái sè tiáo wén hǎo sì xì jù zhōng de chǒu jué suǒ yǐ yòu sú chēng xiǎo chǒu yú

小丑鱼硬骨鱼纲，鲈形目，雀鲷科，海葵亚科，是双锯鱼的一种。它们的身体色彩艳丽，多为红色、橘红色，体长仅五六厘米左右。因为其脸部有一条或两条白色条纹，好似戏剧中的丑角，所以又俗称“小丑鱼”。

xiǎo chǒu yú shēng huó zài jí shēn de dà hǎi lǐ miàn yīn wèi tǐ tài kě ài shēn shòu rén men de xǐ ài tā men xǐ huan qún jū shēng huó tōng cháng yóu jǐ shí wěi yú zǔ chéng yí gè dà jiā zú qí zhōng yě fēn zhǎng yòu yǔ zūn bēi rú guǒ yǒu de yú fàn le cuò wù nà me jiù huì bèi

小丑鱼生活在极深的大海里面，因为体态可爱，深受人们的喜爱。它们喜欢群居生活，通常由几十尾鱼组成一个大家族，其中也分“长幼”与“尊卑”。如果有的鱼犯了错误，那么就会被

小丑鱼

qí tā yú lěng luò ér rú guǒ yǒu de yú shòu le shāng dà jiā yě huì yì
其他鱼冷落，而如果有的鱼受了伤，大家也会一
tóng qù zhào gù tā kě ài de xiǎo chǒu yú jiù zhè yàng hù jìng hù ài
同去照顾它。可爱的小丑鱼就这样互敬互爱，
zì yóu zì zài de shēng huó zài yì qǐ
自由自在地生活在一起。

qí guài de xióng xìng pí pá yú
奇怪的雄性琵琶鱼

zài nán tài píng yáng wàn dǎo shì jiè zhōu wéi de shēn hǎi li qī jū zhe yì zhǒng míng jiào pí pá yú de xiǎo yú měi dāng rén men bǔ dào zhè zhǒng xiǎo yú de shí hou dōu huì jīng qí de fā xiàn suǒ yǒu de pí pá yú dōu shì cí de ér méi yǒu yì tiáo xióng de
在南太平洋万岛世界周围的深海里，栖居着一种名叫琵琶鱼的小鱼。每当人们捕到这种小鱼的时候，都会惊奇地发现，所有的琵琶鱼都是雌的，而没有一条雄的。

琵琶鱼

zhè shì wèi shén me ne nán dào shuō zhè zhǒng yú zhǐ yǒu cí yú ér méi yǒu xióng yú ma rú guǒ shì zhè yàng nà tā men shì zěn yàng fán zhí hòu dài de
这是为什么呢？难道说这种鱼只有雌鱼而没有雄鱼吗？如果是这样，那它们是怎样繁殖后代的？

qí shí pí pá yú yě shì yǒu xióng xìng de tā cáng zài cí yú tǐ
其实，琵琶鱼也是有雄性的，它藏在雌鱼体
cè de yì tuán lóng qǐ de xiǎo ròu liú zhōng tā men de cí xióng tǐ jiù
侧的一团隆起的小肉瘤中。它们的雌、雄体就
zhè yàng lián tǐ gòng shēng zài yì qǐ rén men cū cū kàn qù hěn nán shí
这样连体共生在一起。人们粗粗看去，很难识
bié yǐ wéi tā shì yú tǐ shang zhǎng de ròu liú ne
别，以为它是鱼体上长的肉瘤呢！

pí pá yú de xióng yú shì zěn yàng zuān jìn cí yú shēn shang biàn chéng
琵琶鱼的雄鱼是怎样钻进雌鱼身上变成
xiǎo ròu liú de ne zhè děi cóng pí pá yú shēng huó de huán jìng shuō qǐ
小肉瘤的呢？这得从琵琶鱼生活的环境说起。

zài shēn hǎi shì jiè li zhōng nián bú jiàn yáng guāng qī hēi yì tuán
在深海世界里，终年不见阳光，漆黑一团。
nà lǐ shēng huó huán jìng yán kù yú ér mì shí kùn nan xún zhǎo pèi ǒu gèng
那里生活环境严酷，鱼儿觅食困难，寻找配偶更
nán zài cháng shí qī de zì rán xuǎn zé zhōng pí pá yú xíng chéng le yì
难。在长时期的自然选择中，琵琶鱼形成了一
zhǒng dú tè de fán zhí fāng shì měi dāng pí pá yú chǎn luǎn yǐ hòu luǎn
种独特的繁殖方式。每当琵琶鱼产卵以后，卵
fū huà chéng xiǎo yú nà xiē xiǎo xióng yú jiù jí bù kě dài de kāi shǐ xún
孵化成小鱼，那些小雄鱼就急不可待地开始寻
zhǎo pèi ǒu xiǎo xióng yú yǒu yì shuāng shí fēn mǐn ruì de yǎn jing hé líng
找配偶。小雄鱼有一双十分敏锐的眼睛和灵
mǐn de xiù jué qì guān ér xiǎo cí yú néng zài hēi àn zhōng fā chū wēi guāng
敏的嗅觉器官，而小雌鱼能在黑暗中发出微光
hé yì zhǒng tè shū xiāng wèi xiǎo xióng yú jiù píng jiè zì jǐ de shì jué hé
和一种特殊香味。小雄鱼就凭借自己的视觉和
xiù jué zài hēi àn zhōng zhǎo dào cí yú
嗅觉，在黑暗中找到雌鱼。

cí xióng yú xiāng yù hòu jiù cǐ yí jiàn zhōng qíng xiǎo xióng yú
雌雄鱼相遇后，就此“一见钟情”。小雄鱼
lì kè yòng yá chǐ yǎo zhù cí yú de tǐ cè qiàn jìn tǐ nèi shǐ zì jǐ
立刻用牙齿咬住雌鱼的体侧，嵌进体内，使自己

紧紧地依附在雌鱼身上，从雌鱼体内直接吸取自己所需要的营养维持生活。久而久之，雄鱼身上大部分器官的功能逐渐衰退，直到完全失去功用，而只有生殖腺还在继续发育，一直到成熟。

随着雌鱼的不断生长，雄鱼逐渐被雌鱼的肌肉包裹起来，最后成为一个不易识别的肉瘤。

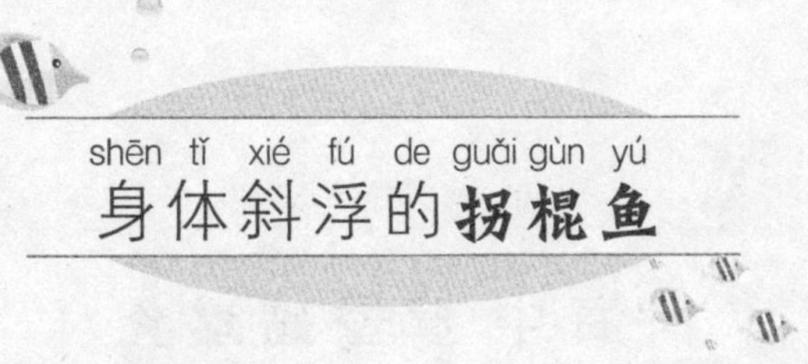

身体斜浮的**拐棍鱼**

拐棍鱼又名斜形鱼、企鹅鱼、黑白线鱼、定风旗鱼。拐棍鱼鱼体长形，稍侧扁，尾鳍叉形，体长6厘米左右。它体色银白，各鳍均为透明的浅黄色，自鳃盖后，身体两侧沿体侧各有一条深黑色的鲜明的纵向宽条纹，这条黑带在尾柄

拐棍鱼

基部转变方向，一直拐到尾鳍下叶的末端，俨然像一根黑挥杖镶满鱼身。拐棍鱼休息时，尾部会往下沉，整个身体成45°斜浮在水中，成为热带鱼群体中的又一奇异的亮点。它游泳时也不是直上直下或是水平前进，而是斜来斜去，煞是好玩。

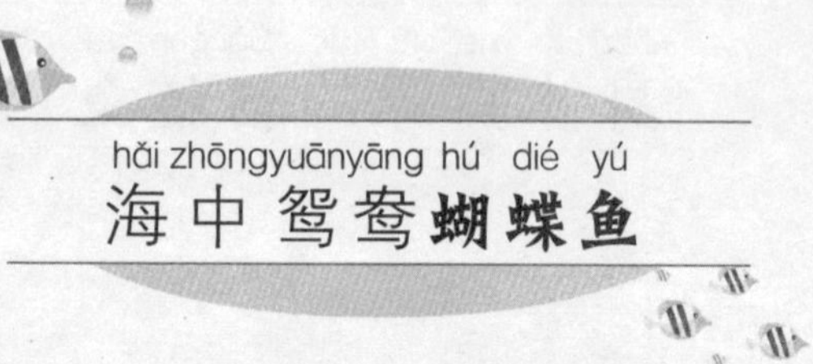

海中鸳鸯**蝴蝶鱼**

若在珊瑚礁鱼类中选美，那么冠军非富丽堂皇、引人遐思的蝴蝶鱼莫属。蝴蝶鱼的美名是因为它像陆地上多彩美丽的蝴蝶而来。海洋爱好者对蝴蝶鱼的评价就是一个字："酷！"它缤纷的色彩很酷；它在海洋中快乐的生活很酷；更酷的是它们那种两情相依的感情。

蝴蝶鱼俗称热带鱼，是近海暖水性小型珊瑚礁鱼类，最大的可超过30厘米，如细纹蝴蝶鱼。蝴蝶鱼身体侧扁，适宜在珊瑚丛中来回穿梭，它们能迅速而敏捷地消逝在珊瑚枝或岩石缝隙里。珊瑚鱼嘴尖长，适宜伸进珊瑚洞穴去捕捉无脊椎动物。

蝴蝶鱼

蝴蝶鱼生活在五光十色的珊瑚礁盘中，具有一系列适应环境的本领。其艳丽的体色可随周围环境的改变而改变。蝴蝶鱼的体表有大量色素细胞在神经系统的控制下，可以展开或收缩，从而使体表呈现不同的色彩。通常一尾蝴蝶鱼改变一次体色只要几分钟，而有的仅需几秒钟。

xǔ duō hú dié yú yǒu jí qiǎo miào de wěi zhuāng tā men cháng bǎ zì
许多蝴蝶鱼有极巧妙的伪装，它们常把自
jǐ zhēn zhèng de yǎn jing cáng zài chuān guò tóu bù de hēi sè tiáo wén zhī zhōng
己真正的眼睛藏在穿过头部的黑色条纹之中，
ér zài wěi bǐng chù huò bèi jǐ hòu liú yǒu yí gè fēi cháng xǐng mù de wěi
而在尾柄处或背脊后留有一个非常醒目的“伪
yǎn cháng shǐ bǔ shí zhě wù rèn wéi shì qí tóu bù ér shòu dào mí huò
眼”，常使捕食者误认为是其头部而受到迷惑。
dāng dí hài xiàng qí wěi yǎn xí jī shí hú dié yú jiàn qí jí bǎi
当敌害向其“伪眼”袭击时，蝴蝶鱼剑鳍疾摆，
táo zhī yāo yāo hú dié yú duì ài qíng zhōng zhēn zhuān yī tā men wú lùn
逃之夭夭。蝴蝶鱼对爱情忠贞专一，它们无论
wài chū bǔ shí huò dàng you zǒng shì chéng shuāng chéng duì xíng yǐng bù lí
外出捕食或荡悠，总是成双成对，形影不离，
hǎo sì lù dì yuǎn yáng dāng yì wěi jìn xíng shè shí shí lìng yì wěi jiù
好似陆地远洋。当一尾进行摄食时，另一尾就
zài qí zhōu wéi jǐng jiè
在其周围警戒。

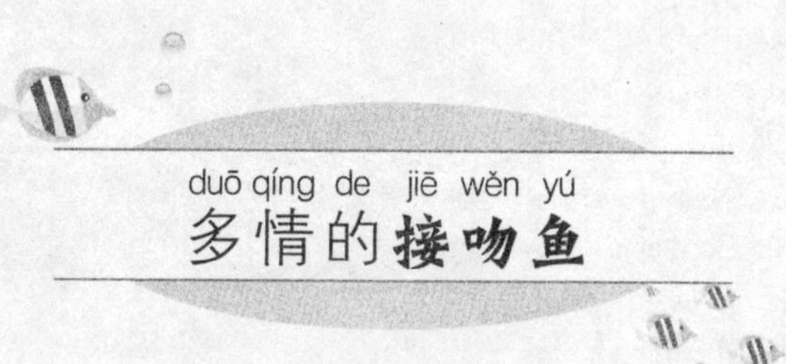

duō qíng de jiē wěn yú
多情的**接吻鱼**

jiē wěn yú gù míng sī yì zuì ài qīn zuǐ bù guǎn shì tóng xìng hái
接吻鱼，顾名思义最爱亲嘴，不管是同性还
shì yì xìng zhǐ yào dǎ le zhào miàn jiù fēi děi wěn gè hūn tiān hēi dì nǎ
是异性，只要打了照面就非得吻个昏天黑地，哪
pà zhěng gè yú gāng li zhǐ yǒu tā zì jǐ tā yě yào juē qǐ zuǐ ba xiàng
怕整个鱼缸里只有它自己，它也要撅起嘴巴向

shuǐ cǎo shang de qīng tái huò yú gāng bō lí qīn ge bù tíng tā jiù shì duō
水草上的青苔或鱼缸玻璃亲个不停，它就是多
qíng de jiē wěn yú lìng wài yīn wèi yú tǐ wēi hóng dài bái hǎo sì chū fàng
情的接吻鱼。另外因为鱼体微红带白好似初放
de táo huā suǒ yǐ hái yǒu hěn duō háng jiā jiào tā táo huā yú dōu gēn
的桃花，所以还有很多行家叫它“桃花”鱼，都跟
qíng ài zhān shàng biān le suǒ yǐ nǐ yào shì néng qián rù shuǐ zhōng yǔ tā tóng
情爱沾上边了，所以你要是能潜入水中与它同

接吻鱼

yóu shuō bu zhǔn tā huì zhuī zhe nǐ qīn ne rú guǒ nǐ xiǎng xīn shǎng yí
游，说不准它会追着你亲呢！如果你想欣赏一
xià tā men jiē wěn de qí guān nà nǐ jiù nài xīn de zài yǎng yǒu jiē
下它们“接吻”的奇观，那你就耐心地在养有接
wěn yú de shuǐ zú xiāng biān děng dài biàn kě dà bǎo yǎn fú dāng liǎng tiáo
吻鱼的水族箱边等待，便可大饱眼福。当两条
jiē wěn yú xiāng yù shí shuāng fāng dōu huì bù yuē ér tóng de shēn chū shēng yǒu
接吻鱼相遇时，双方都会不约而同地伸出生有
xǔ duō jù chǐ de cháng zuǐ chún yòng lì de xiāng hù pèng zài yì qǐ rú tóng
许多锯齿的长嘴唇，用力地相互碰在一起，如同
qíng rén jiē wěn yì bān cháng shí jiān bù fēn kāi bú guò zhè zhǒng
情人“接吻”一般，长时间不分开。不过，这种

“热吻”并不是“求爱”，而是在打斗。由于接吻鱼具有保卫“领地”的习性，两者相遇时，用长嘴唇相斗来解决“领地”争端，直到有一方退却让步，“接吻”才宣告结束。

两鱼相见时就像两只吸盘牢牢吸附，可以整整一下午都保持接吻的动作，用力地接触，丝毫不顾及周围环境的影响。可不要以为这是它们情人之间的情深款款，其实这是一种争斗的现象，是为了保卫自己的空间领域而战斗！但这种争斗并不激烈，只要一方退却让步，胜利者并不会继续穷追猛打，而是继续埋头它的清洁工作，似乎什么也没有发生过。所以，它们温和的习性不会对其他任何鱼类构成威胁，因而适宜于混合饲养。

xìng qíng wēn hé de níngméngdēng yú
性情温和的柠檬灯鱼

níngméngdēng yú xué míng wéi lì qí wàng zhī lǐ yòu chēng měi qí zhī lǐ fēn lèi shang lì shǔ yú zhī lǐ kē yuánchǎn yú nán fēi de yà mǎ xùn hé bā xī jìng nèi

柠檬灯鱼学名为丽鳍望脂鲤，又称美鳍脂鲤，分类上隶属于脂鲤科。原产于南非的亚马逊河、巴西境内。

níngméngdēng yú tǐ chéngfǎng chuí xíng quánshēnchéngníngméng sè bèi qí tòu míng qián duān wéi xiān liang de níngménghuáng sè biān yuán yǒu hēi sè de mì tiáo wén tún qí yì tòu míng biān yuánshēn hēi sè yǎn jing shàng bù

柠檬灯鱼体呈纺锤形，全身呈柠檬色，背鳍透明，前端为鲜亮的柠檬黄色，边缘有黑色的密条纹，臀鳍亦透明，边缘深黑色，眼睛上部

柠檬灯鱼

为红色，其中前面的几根鳍条组成一小片明显的柠檬黄色线条，与背鳍前上方色彩遥遥相对，因而获得柠檬灯鱼或柠檬翅鱼的美称。

柠檬灯鱼多栖息在小河川、小湖泊、沼泽、潮湿草地带。亚马逊河流水缓慢，水草茂盛，河底积满了腐败的枯枝，烂叶，水质的PH值在6.2以下。最适宜水温20～25℃%，喜群居，食小型活饵料，也能接受冰鲜的或干饲料，易饲养。性情温和，不袭击他鱼，可以和其他小型鱼混养。

柠檬灯鱼雌雄鉴别较困难，仔细观察会发现，雄鱼较细长，雌鱼较粗壮。雌鱼产卵后捞出亲鱼，轻轻充气后对繁殖缸进行遮光处理。一尾雌鱼产卵150粒左右，受精卵24小时孵出鱼苗，第二天便可自由游动。

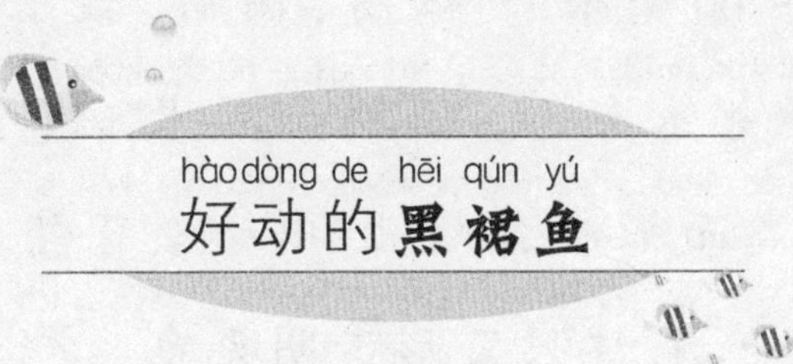

好动的黑裙鱼

黑裙鱼，别名黑牡丹、黑衬裙、黑扯旗鱼、丧服鱼、半身鱼、黑扯旗、黑掌扇鱼。属脂鲤科。产于南美洲亚马逊河流域、巴西、乌拉圭、玻利维亚、阿根廷等地。

体型与同属其他品种相似。头部红色，吻部鲜红色，故又称红鼻鱼。全身银白色，近似透明，尾鳍上有与剪刀鱼相似的黑白条纹，故得名。红鼻剪刀鱼与普通红鼻鱼的区别在于红鼻鱼各具有3条黑白条纹，而红鼻剪刀鱼具有5条黑条纹和4条白条纹。

黑裙鱼

体长50～60毫米。体高、侧扁，最长可达8厘米。前半身银灰色，有两条黑长斑，后半身黑色，背鳍高而短在背鳍上中部。背鳍、脂鳍、臀鳍均黑色，尾鳍深叉形透明无色。臀部与腹部一样宽大，臀鳍也特别宽大并长至尾柄，构成了奇特的形体，游动犹如摇滚舞。

黑裙鱼活泼好动，性情温和，最喜欢在水的中层游动，但可以活动在任何的水层中，能与多种灯鱼共同混养。黑裙鱼对饲养条件不苛刻，喜欢在pH6.8—7.0，硬度为4，水温20—25摄氏度的水中生活。黑裙鱼对饲料要求比较随和，各种动物性饵料、人工饲料均可投喂，并喜在中水层游动觅食，摄食凶，食量大，因此生长发育迅速。

小巧玲珑的**斑马鱼**

斑马鱼体长4～6厘米，体呈纺锤形。背部橄榄色，体侧从鳃盖后直伸到尾末有数条银蓝色纵纹，臀鳍部也有与体色相似的纵纹，尾鳍长而呈叉形。雄鱼柠檬色纵纹，雌鱼的蓝色纵纹加银灰色纵纹。适合水温20～23℃，在水温11～15℃时仍能生存，但对鱼体不利。对水质的要求不高。日常饲养时，在水族箱底部放些鹅卵石，使水质清澈。

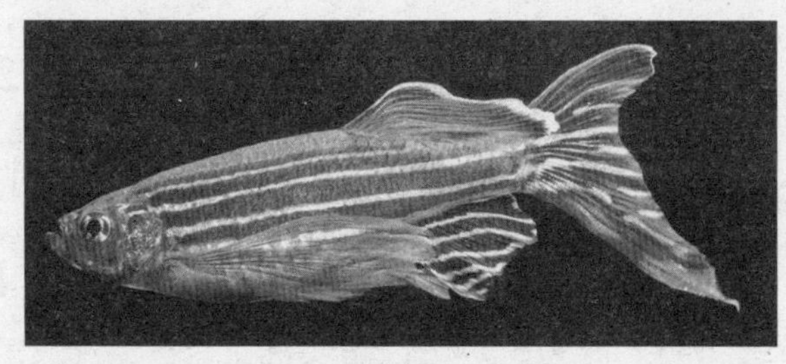

斑马鱼

斑马鱼的性情温和，小巧玲珑，几乎终日在水族箱中不停地游动，可与其他小型鱼一同饲养。

斑马鱼的雌雄不难区分：雄斑马鱼鱼体修长，鳍大，体色偏黄，臀鳍呈棕黄色，条纹显著；雌鱼体较肥大，体色较淡，偏蓝，臀鳍呈淡黄色，怀卵期鱼腹膨大明显。斑马鱼属卵生鱼类，4月龄进入性成熟期，一般用5月龄鱼繁殖较好。繁殖用水要求pH6.5—7.5，硬度6—8，水温25—26摄氏度。喜在水族箱底部产卵，斑马鱼最喜欢自食其卵，一般可选6月龄的亲鱼，在25×25×25厘米的方形缸底铺一层尼龙网板，或铺些鹅卵石，繁殖时产出后即落入网板下面或散落在小卵石的空隙中。选取2—3对亲鱼，同时放入繁殖缸中，一般在黎明到第二天上午10时左右产卵结束，将亲鱼捞出。其卵无黏性，直接落入缸底，到晚上10时左右，没有受精的鱼卵发白，可用吸管吸出。繁殖水温24℃时，受精卵经2—3天孵出仔鱼；水温28℃时，受精卵经36小时孵出仔鱼。雌鱼每次产卵300余枚，最多可达上千枚。水温25℃时，7—8天的仔鱼开食，此时投喂蛋黄灰水，以后再投喂小鱼虫。斑马鱼的繁殖周期约7天左右，一年可连续繁殖6—7次，而且产卵量高。其繁殖力很强，是初学饲养热带鱼的首选品种。

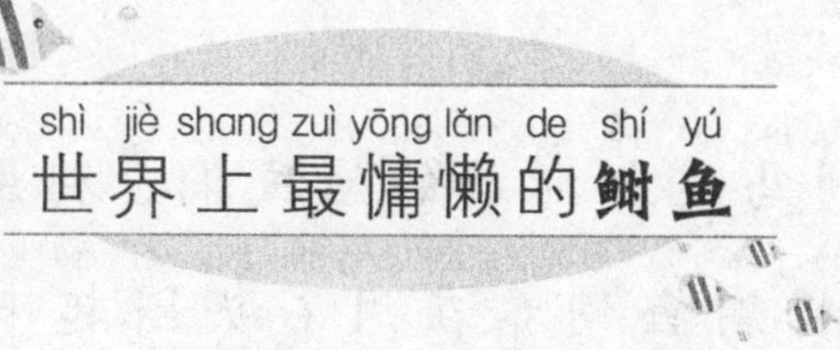

世界上最慵懒的鲥鱼

世界上最慵懒的鱼是鲥鱼。它是海中体型较小的鱼类，身体只有2.4—3.4寸。这种鱼懒惰得连自己吃食也不愿意去找，每当大鱼进食时，它就在大鱼的周围，接食大鱼口中漏食的残羹。再者，它不会游泳，而是靠天生的口中大吸盘，吸住其他大鱼身体，随大鱼到任何喜欢去的地方。它非常熟悉各类大鱼的性格和常去的地

鲥鱼

方，所以它想去哪里，就免费搭上它所需要的“顺路船”。

非洲马达加斯加的渔民们，利用鲥鱼的这种惰性将鲥鱼饲养在用石头围起来的小海湾里，出海捕鱼时，在每条鲥鱼尾巴上系一根绳子，它们附在大鱼身上时，渔民一拉绳子，大鱼就可以被捕获。

活泼的白条双锯鱼

小型海产鱼类，体侧扁，略为卵圆形。头短而高。眼大，位高。眼间隔宽，圆凸。口前位，口裂稍倾斜。唇厚。两颌具有圆锥状齿。鳃盖骨外缘有1行尖棘。鳃耙尖细，有刺状突。体被极小形栉鳞。侧线不完全，由鳃孔后缘始，止于背鳍中部鳍条的下方，尾柄正中有1纵行小孔。背鳍鳍基部长，鳍棘部与鳍条部之间相连。臀鳍与背鳍后部相对。胸鳍位低，略圆。腹

白条双锯鱼

鳍位于胸鳍的后下方。尾鳍后缘圆形。体橙红色。背鳍前方有1白色宽横带，斜伸向下，经过眼后缘达鳃盖的下缘。

生活在热带海洋沿岸的岩石和珊瑚礁之间，行动活泼迅速。以浮游动物、珊瑚虫为食。

颜色艳丽，常作为观赏鱼类。国内分布于南海；国外分布于非洲东海岸、印度尼西亚、菲律宾、日本等海区。

成队游泳的**花斑短鳍蓑鲉**

小型海产鱼类。体延长，侧扁。头中等大，具锐利的棘及皮质突起。眼较大，眼上棱也具棘和皮质突起。口前位。前颌骨、下颌具及犁骨具绒毛状牙群；腭骨无齿。唇及舌肥厚。头

花斑短鳍蓑鲉

体均被栉鳞。背鳍两个，互为相连，鳍棘高且发达。臀鳍与第二背鳍相对。胸鳍大而长。腹鳍始于胸鳍基的下方。尾鳍圆形。头体为红色。体侧具有六七条红褐色横纹带。除腹鳍灰黑色外，其他鳍为黄色，鳍膜间有黑色纵纹斑。

热带暖水性鱼类。生活在珊瑚礁丛中，常成对游泳。以珊瑚虫、小鱼、小虾为食。鳍棘有毒。

国内分布于南海；国外分布于印度洋和太平洋热带和亚热带海区。

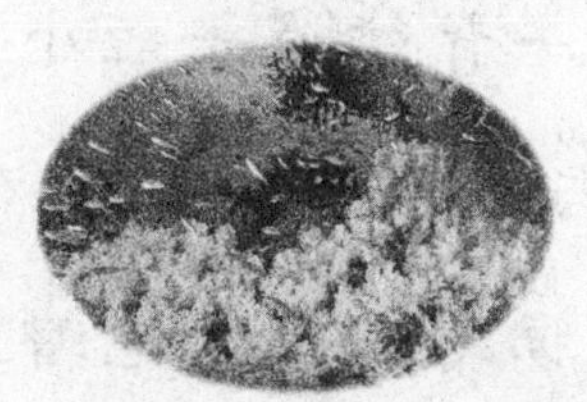

可爱的棘茄鱼

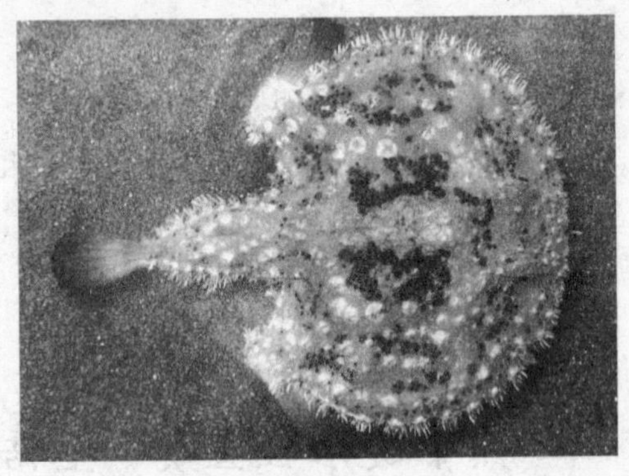

棘茄鱼

小型海产鱼类。体平扁，尾部粗短。头宽大，圆盘状。吻腔部突出，具吻棘。眼中等大，眼间隔微凹。口大弧形，位于头前下缘。上下颌具绒毛状齿带。犁骨、腭骨和舌上无齿。鳃耙短小。无侧线。体无鳞，体背面被硬棘刺及小棘刺。腹面被密细的绒毛状棘。第一背鳍为一短小棘状吻触手；第二背鳍短小，与臀鳍位于尾部。胸鳍条较长，位于头盘后方。腹鳍喉位。尾鳍后缘圆。体红色，背面有暗色网状纹。

生活在热带和亚热带暖水性海区的近岸底层。以小鱼、底栖动物为食。

国内分布于南海、东海、黄海；国外分布于印度洋、太平洋。

漂亮的五带豆娘鱼

小型海产鱼类。体卵圆形，侧扁。头短高。吻颇短。眼中等大。口小，前位，上颌略能向前伸出。上下颌各有一行侧扁齿。唇较厚。鳃耙细长，有细刺突。体被中等大的栉鳞。侧线不完全，中止尾部正中，后为一纵列小孔。背鳍起点在胸鳍基底后上方，鳍条后缘尖形。臀鳍鳍条部与背鳍鳍条部相对同形。胸鳍中等大。腹鳍第一鳍条呈丝状。尾鳍叉状。体灰褐色，体侧有5条暗褐色横带。

五带豆娘鱼

生活在暖水性海洋中，尤喜在岩礁或珊瑚礁附近海区活动。以蠕虫、浮游动物为食。

体色美丽，可作观赏之用。国内分布于南海、东海；国外分布在印度洋和太平洋。

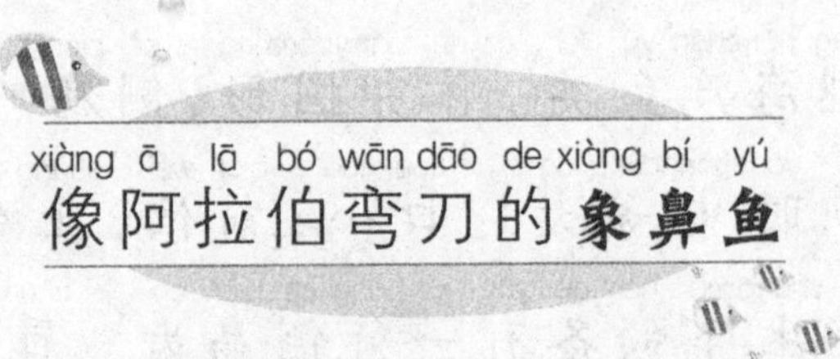

像阿拉伯弯刀的**象鼻鱼**

大多数观赏鱼爱好者可能都喜欢养一些色彩艳丽、姿态优美的观赏鱼类，比如神仙鱼、斗鱼等。但是在观赏鱼这个大家族里，还有一些品种，虽然其貌不扬，但同样以其奇特的体型博得了很多人的喜爱。下面就介绍一种来自非洲的新型观赏鱼——象鼻鱼。

象鼻鱼又名鹳嘴长颌鱼、象鼻子鱼，属长颌鱼科，原产地非洲西部刚果河。

象鼻鱼造型奇特，远看像一把阿拉伯弯刀，尾部像刀柄，身体像刀刃，极具观赏价值。因有一条较长的“鼻子”而得名，当然那并不是它的“鼻子”，而是它的下颌延长而形成的长吻。该鱼体长20—50厘米，全身为浅黑色或烟灰色，身体后部背鳍和臀鳍间有两条白色弧形花纹，尾鳍边缘白色。头吻部较尖，眼小，口小变异，下颌向前延伸呈管状。背鳍和臀鳍上下对称，似两把剪刀。尾柄骤然变成棒

象鼻鱼

zhuàng wěi qí shēn chā xíng zài wěi bǐng de hòu bù yǒu yì fā diàn qì
状，尾鳍深叉形。在尾柄的后部有一发电器，
kě yǐ fā chū wēi ruò de diàn liú zuò wéi zhēn chá zhī yòng
可以发出微弱的电流，作为侦察之用。

jiǎo jié huó pō de kǒng què yú
矫捷活泼的**孔雀鱼**

kǒng què yú shì yì zhǒng xiǎo xíng rè dài guān shǎng yú lèi yì bān tǐ
孔雀鱼是一种小型热带观赏鱼类，一般体
cháng wéi zhì lí mǐ yú tǐ jiāo xiǎo líng lóng yóu dòng jiǎo jié huó pō
长为3至5厘米，鱼体娇小玲珑，游动矫捷活泼，
tǐ sè bān lán duō cǎi tā zhǔ yào chǎn zì nán měi zhōu de bā xī wěi
体色斑斓多彩。它主要产自南美洲的巴西、委
nèi ruì lā guī yà nà yǐ jí xī yìn dù qún dǎo děng dì gēn jù qí bù
内瑞拉、圭亚那以及西印度群岛等地，根据其不
tóng de tè diǎn yòu fēn wéi pǔ tōng kǒng què yú yàn wěi kǒng què yú cháng wěi
同的特点又分为普通孔雀鱼、燕尾孔雀鱼、长尾
kǒng què yú qín wěi kǒng què yú hé huáng kǒng què yú děng
孔雀鱼、琴尾孔雀鱼和黄孔雀鱼等。

yīng gāi shuō zài zhòng duō de rè dài guān shǎng yú pǐn zhǒng zhōng kǒng
应该说，在众多的热带观赏鱼品种中，孔
què yú bìng bú suàn gāo guì de yú zhǒng wú lùn shì qí shòu jià hái shì duì
雀鱼并不算高贵的鱼种，无论是其售价还是对
zhōu wéi shēng huó huán jìng de yāo qiú dōu bù gāo dàn tā què yīn wèi huó pō
周围生活环境的要求都不高，但它却因为活泼、
měi lì ér shēn shòu rén men xǐ ài yóu qí shì xióng yú gèng měi lì zài
美丽而深受人们喜爱。尤其是雄鱼更美丽，在

绿褐色的身体上掺杂着红、橙、黄、绿、青、蓝、紫各种色彩，仿佛天上的彩虹一般，因此它还有一个好听的名字——彩虹鱼。同时，又因为它的腹部有数块蓝色的小圆斑，圆斑周围有色泽较浅的轮环，很像孔雀开屏上的眼状斑，故又有“孔雀鱼”的美称。

一些买鱼人告诉记者，孔雀鱼之所以受欢迎，很大程度上是由于它性情温和而活泼，不会和其他鱼发生争斗，适合与一些没有攻击性的鱼类混养；而且它对食物的选择性也不大，蛋黄、馒头渣等都可以喂食，不过人工饲养时最好投喂鱼虫、线虫等活饵；同时它对水质、水温的要求也不高，非常易于饲养和存活。

孔雀鱼

一般纯种的孔雀鱼个体较大，尾鳍及背鳍

大而舒展，花色比较纯，特点也较鲜明，售价也较高，因其品系好坏大约在每对10元至50元不等：而杂交种或退化种则与其相反，售价也比较便宜，一般每对只要几元钱就可以买到。但对于初养热带鱼的人，购买杂交种及退化种还是比较合算的，因为这样可以在养殖中积累许多的养鱼经验。

另外，最好先确定你买鱼的目的是用于观赏还是繁殖。如果仅仅是为了观赏，可以挑选颜色艳丽、尾鳍长大、各鳍发育正常的个体；而如果是为了培育良好的孔雀鱼品种，最好挑选年轻有活力的孔雀鱼，因为完全成熟的孔雀鱼虽然尾鳍大、花纹艳丽，但是不适合繁殖。

月光鱼中的米奇鱼

米奇鱼是鳉鱼科中月光鱼的一种，属淡水热带鱼，月光鱼因为颜色不同分为很多种，像米奇鱼就是因为尾巴的地方有三个紧挨的黑点，一个大两个小，看起来就像米老鼠的头像一样，所以俗称米奇。

月光鱼

米奇鱼是卵胎生，就是卵在肚子里孵化，一个一个透明的圆球是未受精的卵。黑玛丽，红太阳，红箭，米奇这些鱼都是卵生。发现小鱼了建议隔离，不然会被大鱼吃掉，捞的时候要千万小心，但如果缸里水草比较茂密，小鱼有藏身

zhī chù jiù bú yòng le kàn dào xiǎo yú de luǎn huáng náng xiāo shī yǐ hòu
之处就不用了。看到小鱼的卵黄囊消失以后，
jiù kě kāi shǐ wèi shí le zuì hǎo yòng zì jǐ fū huà de fēng nián xiā
就可开始喂食了，最好用自己孵化的丰年虾。

jí xiáng wù lǐ yú
吉祥物鲤鱼

zài mín jiān chuán shuō zhōng lǐ yú néng shùn zhe huáng hé nì liú ér
在民间传说中，鲤鱼能顺着黄河逆流而
shàng zuì hòu tiào guò lóng mén biàn chéng lóng zhè shì yīn wèi lǐ yú dí
上，最后跳过龙门变成龙。这是因为，鲤鱼的
què xǐ huan tiào chū shuǐ miàn bǐ rú zài kuài yào chǎn luǎn de shí hou lǐ
确喜欢跳出水面。比如，在快要产卵的时候，鲤
yú jiù huì biàn de shí fēn xīng fèn ér tiào chū shuǐ lái ér qiě lǐ yú běn
鱼就会变得十分兴奋而跳出水来。而且鲤鱼本
shēn jiù hěn huó pō tè bié zài bàng wǎn zuì ài tiào chū shuǐ miàn hǎo xiàng zài
身就很活泼，特别在傍晚最爱跳出水面，好像在
zuò yóu xì
做游戏。

lǐ yú shì wǒ guó de jí xiáng wù zài shén huà gù shi zhōng lǐ
鲤鱼是我国的吉祥物。在神话故事中，鲤
yú bèi rén men dàng zuò fù yù rú yì yǒng gǎn shàn liáng de xiàng zhēng
鱼被人们当做富裕、如意、勇敢、善良的象征。
suǒ yǐ yě jiù yǒu lǐ yú tiào lóng mén zhè jù xǐ qìng huà le
所以，也就有“鲤鱼跳龙门”这句喜庆话了。

四 『才华横溢』之鱼

CAI HUA HENG YI ZHI YU

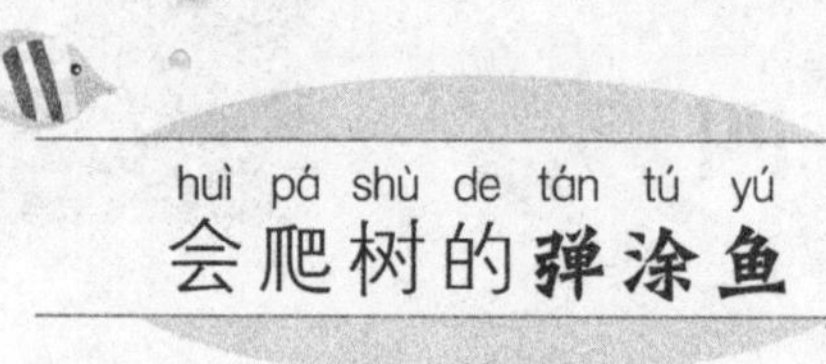

huì pá shù de tán tú yú
会爬树的弹涂鱼

gǔ rén yǐ wéi yú dōu shì shēng huó zài shuǐ zhōng de jué bú huì pá
古人以为鱼都是生活在水中的，绝不会爬
dào shù shang qù qí shí zhè zhǒng shuō fǎ bìng bù wán quán zhèng què shū bù
到树上去，其实，这种说法并不完全正确，殊不
zhī què shí yǒu huì pá shù de yú ne
知确实有会爬树的鱼呢！

shēng huó zài wǒ guó nán fāng yán hǎi qiǎn shuǐ tān tú de tán tú yú
生活在我国南方沿海浅水滩涂的弹涂鱼，
jiù shì yì zhǒng huì pá shù de yú wèi le liè qǔ lù shēng kūn chóng xiǎo
就是一种会爬树的鱼。为了猎取陆生昆虫、小
xiè hé shā cán děng tā men chéng qún jié duì de lí shuǐ dēng lù zài tān tú
蟹和沙蚕等，它们成群结队地离水登陆，在滩涂

弹涂鱼

上爬行、跳跃，有时甚至爬到红树林的树枝上。因而，人们又把这种鱼称为跳跳鱼或泥猴。弹涂鱼胸鳍的基部有发达的肌肉，能前后摆动，可以用来爬行和支撑身体，它的左右腹鳍愈合成吸盘，依靠吸盘的作用，弹涂鱼能垂直地贴附在红树枝上。攀鲈也是一种会爬树的鱼。这种鱼凭借坚硬的胸鳍和臀鳍的棘，配合身体的左右摆动，能很快地爬上树干。

“鱼儿离不开水”。弹涂鱼和攀鲈等为什么能离开水而生存呢？绝大多数只用鳃呼吸的鱼是不能离水的，只有绝少数鱼另有辅助呼吸器官，因而它们能离开水在空气中生活一段时间。现已发现，弹涂鱼的口腔内壁分布着许多微小的血管，这种鱼能离水不死，主要是口咽腔起着辅助呼吸作用。攀鲈鳃腔内部，有一种像木耳似的褶皱状薄膜，上面也有许多毛细血管，对呼吸起着特殊的辅助作用。

这些辅助呼吸器官的产生和发展，经过了漫长而曲折的道路。有些科学家认为，鱼类在地球上出现以后，也会经历不少磨难。当水质腐败缺氧或水域干涸时，不少鱼类因无法适应这一变化而死去，可是一些鱼类却由于结构上的变异而生存了下来。弹涂鱼和攀鲈等的辅助呼吸器官，就是它们祖先适应不良环境的一种变异。

“旅行家”䲟鱼

生活在海洋里的䲟鱼是典型的免费旅行家。它时常附在大鲨鱼、海龟、鲸的腹部或船底，甚至游泳者或潜水员的身上周游四海。到了饵料丰富的地方，䲟鱼就会自动离开它“乘坐”的“免费船只”美餐一顿。然后再寻找一条新的“船”，继续免费旅行。鲫鱼这样在大海中乘“船”旅行，不仅省力，而且还能狐假虎威地免受敌害侵袭，真是一举两得的美事。为什么鲫鱼有这么大本领呢？原来，鲫鱼的第一背鳍已演变成一个吸盘，它就是利用这个吸盘牢牢地吸附在物体上的。

据说，有时鲫鱼也钻进旗鱼、剑鱼、翻车鱼等大型硬骨鱼的口腔或鳃孔内，这些大型鱼既摆脱不掉鲫鱼，又没有办法对付它，就只好忍耐一下了。鲫鱼这种行为不但可以避开敌害的攻击，而且还可在“主人”身体内找到一些食物碎片充饥。

鲫鱼这一特性早已被渔民发现了，渔民们巧妙地把鲫鱼作为一种捕获大海中珍贵动物的工具。据说，桑给巴尔岛和古巴渔民抓到鲫鱼后，先把它的尾部穿透，再用绳子穿过，为了保险，再缠上几圈系紧，拴在船后，一旦遇到海龟，他们就往海里抛出两至三条鲫鱼，不一会儿，这几条鲫鱼就吸附在大海龟的身上了，它们本想高高兴兴地周游一番，谁料到，这时渔民已在小心地拉紧绳子，一只大海龟连同鲫鱼就回到了船舱里。

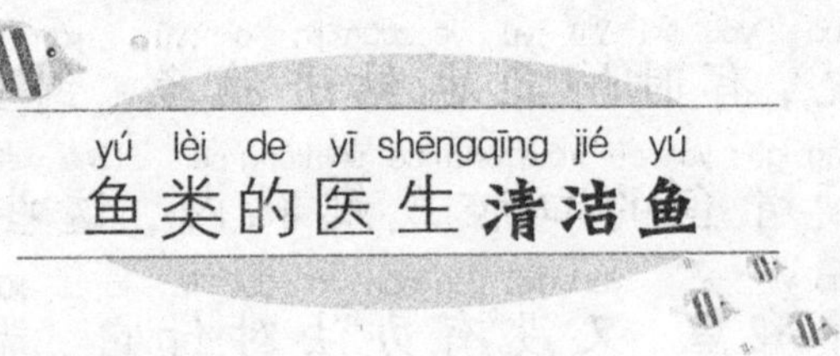

鱼类的医生 清洁鱼

人一旦有了病，都要到医院去看医生，经过医生的治疗，使疾病得到解除。那么，生活在水中的鱼得了病之后，也有医生看吗？有，那就是清洁鱼，鱼一生了

清洁鱼

病，它们就去找清洁鱼。

这一秘密是科威特的海洋生物学家库拉达·兰姆布发现的。有一次，他在美国加利福尼亚海岸附近的水域进行科学考察时，发现有一条大鱼突然离开鱼群，迅速向一条小鱼冲去，这条大鱼要比那条小鱼大十几倍。他还以为那条大鱼要去吃那条小鱼呢。可出乎意料的是，那条大鱼到了小鱼面前，温顺地待在那里，乖乖地张开了鳍。小鱼则靠上前去，用自己尖锐的嘴紧贴在大鱼身体上，就好像在吮吸乳汁。过了一会儿，小鱼突然跑了出来，消失在水草之中。大鱼也回到它的同伴那里去了。

这是干什么呢？原来小鱼就是鱼的医生，这是在给大鱼看病呢！

生活在海洋里的鱼和人一样，不断地受到细菌等微生物和寄生虫的侵袭。这些令人讨厌的小东西黏附在鱼鳞、鳃、鳍等部位，就会使鱼染上疾病；同时，鱼之间也在不断发动战争，一旦受了伤，也需要治疗。那么谁来给它们治病呢？医生就是前面提到的那种小鱼，人们给它起了一个好听的名字——清洁鱼。

清洁鱼给鱼治病，既不打针，也不吃药，而是用它那尖尖的嘴巴清除病鱼身上的细菌或坏死的细胞。不过它在给鱼治病的时候，对病鱼也有很严格的要求，要求它们必须头朝下，尾巴朝上，笔直地立在它面前，否则它就不给予治疗。假如鱼得病是在喉咙里，那么，病鱼就必须乖乖地张开嘴巴，让“医生”去清除病灶。

清洁鱼是不是真的在给鱼治病呢？科学家们曾做过实验。他们在一定的水域里，把所有的清洁鱼都请出去，结果怎么样呢？只过了两周，他们就发现，不少鱼的鳞和鳃上都出现了肿胀，有的还得上了皮肤病；而有清洁鱼的水域，鱼则生活得很健康。以此可以证明，清洁鱼是称职的“鱼医生”。

在海洋里，大约生活着40多种清洁鱼。它们的“医院”一般设在有珊瑚礁或岩石突出的地方。它们不分昼夜地工作着，有人曾发现，一条清洁鱼在6个小时内医治了几千条病鱼。

话说到这里，人们不禁要问，既然都是鱼类，为什么清洁鱼能给别的鱼治病，它自己不会感染上疾病吗？其他鱼是怎么知道清洁鱼会治病的呢？所有的鱼类几乎都不吃清洁鱼，难道它们都知道这种鱼能治病，而对它格外地爱护和尊重吗？不知将来哪一位科学家能回答这些问题。

会“钓鱼”的角鮟鱇鱼

人类会钓鱼，大家都知道，如果说鱼也会

"钓"鱼，你一定感到惊奇吧？这种会钓鱼的古怪鱼，就生活在深海中，名字叫"角鮟鱇鱼"。

它是怎么钓到鱼的呢？原来，这种鱼的头上长着引诱须，就像我们人类手中的钓鱼竿儿，而须的顶端有一种最讨其他鱼喜欢的诱饵，这种诱饵是发光的。发光诱饵实际上是一种发光的腺体，它能分泌出颗粒状的东西，里面有许多发光的细菌。它分泌出一种液体，养活了这种细菌，而细菌发光又能使它捕到小鱼。角鮟鱇鱼和发光细菌过着共栖的生活。但是，这种发光腺只有雌性的角鱼才有，雄鱼引诱须的顶端是没有发光腺的。

有些角鮟鱇鱼的引诱须短而粗，有的则细而长。引诱须长在嘴的上部，接近于眼睛的位置，上有基骨支撑。不同的鮟鱇鱼发光的颜色也不同，有紫橙色、黄色、蓝绿色等等。由于深海暗淡无光，当它们连续地发出闪烁的光芒

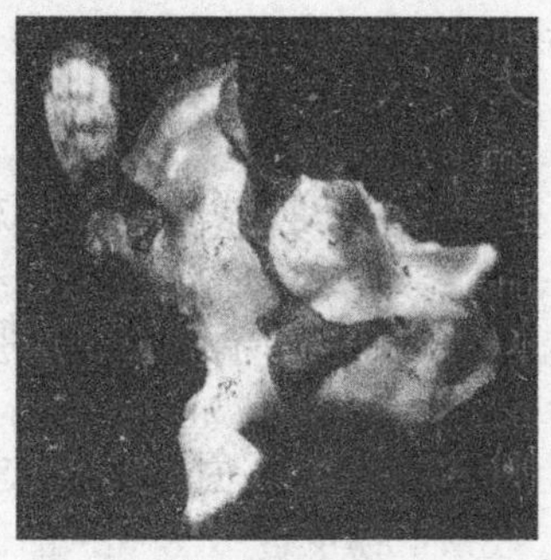

角鮟鱇鱼

时，就引起周围鱼、甲壳动物的注意和兴趣，并冲向闪光，“自愿”上钩，落入鱼腹之中了。

鮟鱇鱼的外表形象，也为它的“垂钓”提供了方便。它身体的背面是褐色，并有许多突起的小东西，显得与周围环境很相似，所以别的动物很难发现。它长有一个很宽大的嘴巴。嘴巴的宽度有它身体的1/4长，里面长着锐利的牙齿。

这种鱼游泳的本领不很好，在深暗的海洋里总是慢慢地滑行着，一路上，它不时地把引诱须向前伸出，闪烁的诱饵受肌肉的牵引，不时地抖动着。用它的测量器官探测周围捕获物的动静。由于角鮟鱇鱼的这种动作，往往使一条迎光扑来的鱼以为找到了自己心爱的饵料，就用嘴巴去试探这种发光的诱饵。这一接触，就惊动了角鮟鱇鱼，它就马上发出一连串的捕食动

zuò tā tū rán bǎ yǐn yòu xū tái xiàng hòu biān zhāng kāi xuè pén dà kǒu
作。它突然把引诱须抬向后边，张开血盆大口，
xíngchéng yì gǔ xiàng zuǐ ba liú dòng de shuǐ liú bǎ liè wù qīng ér yì jǔ
形成一股向嘴巴流动的水流，把猎物轻而易举
de tūn rù kuānchang de kǒuqiāng zhī zhōng
地吞入宽敞的口腔之中。

ān kāng yú jiù shì zhè yàng bù láo ér huò tā zì jǐ bù xū
鮟鱇鱼就是这样“不劳而获”，它自己不需
yào zěn me dòng xiǎo yú jiù huì zì dòng de sòng dào tā de zuǐ ba li chéng
要怎么动，小鱼就会自动地送到它的嘴巴里，成
wéi tā chōng jī de shí wù bǐ wǒ men rén lèi diào yú kě gāo míng duō le
为它充饥的食物，比我们人类钓鱼可高明多了。

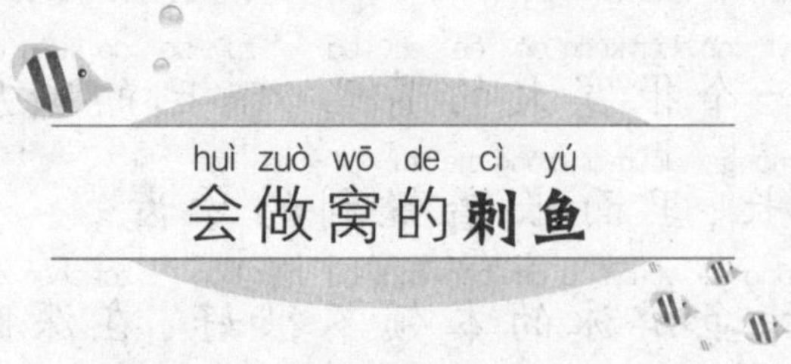

huì zuò wō de cì yú
会做窝的刺鱼

niǎo huì zuò wō yú huì bú huì ne yǒu xiē yú wèi le bǎo hù
鸟会做窝，鱼会不会呢？有些鱼为了保护
xià yí dài yě yǒu zhù cháo de běn lǐng qí zhōng zuò de zuì hǎo de jiù suàn
下一代，也有筑巢的本领，其中做得最好的就算
cì yú le zhè ge xiǎo xiǎo de jiàn zhù jiā jì shì shè jì shī
刺鱼了。这个小小的“建筑家”，既是“设计师”
yòu shì shī gōngyuán tā néng bǎ hǎi cǎo yì gēn gēn shōu jí qǐ lái zuò
又是“施工员”，它能把海草一根根收集起来，做
chéngpiào liang de ài cháo
成漂亮的爱巢。

cì yú zuò wō shí xiān yòng zuǐ yì kǒu yì kǒu diāo qǐ ní shā tǔ
刺鱼做窝时，先用嘴一口一口叼起泥沙，吐

zài yì páng zài shuǐ dǐ wā chéng yí gè qiǎn kēng rán hòu xióng cì yú xián
在一旁，在水底挖成一个浅坑。然后雄刺鱼衔

刺鱼

lái shuǐ cǎo de gēn jīng yǐ jí
来水草的根茎以及
qí tā zhí wù de suì piàn duī
其他植物的碎片，堆
zài qiǎn kēng shang zài fēn mì chū
在浅坑上，再分泌出
yì zhǒng nián yè bǎ tā men zhān
一种黏液把它们粘
zài yì qǐ jiē zhe yòng shēn zi zài cǎo tuán zhōng chuān chū yì tiáo xiǎo suì
在一起，接着，用身子在草团中穿出一条小隧
dào yí gè gōng cí yú chǎn luǎn de jīng zhì de wō jiù zhù chéng le
道，一个供雌鱼产卵的精致的窝就筑成了。

huì bǔ wǎng de mián wèi yú
会补网的**绵鳚鱼**

yú ér yě huì bāng zhù rén men xiū bǔ yú wǎng nǐ qiān wàn bié yǐ
鱼儿也会帮助人们修补渔网，你千万别以
wéi zhè shì tiān fāng yè tán yīn wèi shēng huó zài wǒ guó dōng hǎi huáng hǎi hé
为这是天方夜谭，因为生活在我国东海、黄海和
bó hǎi jìn hǎi chù de mián wèi què shí shì yì zhǒng huì bǔ wǎng de yú
渤海近海处的绵鳚，确实是一种会补网的鱼。

mián wèi yòu chēng nián yú quán shēn huáng hè sè tǐ cháng sān sì shí
绵鳚又称黏鱼，全身黄褐色，体长三四十
lí mǐ xiàng yì gēn yuán bàng zhè shì jìn hǎi dǐ céng yú lèi yǐ shè shí
厘米，像一根圆棒。这是近海底层鱼类，以摄食

海底泥沙中的有机质为生。这种鱼一旦落入渔网，自然也不会甘心被擒。不过在挣脱、逃窜时所采取的措施，却十分奇特。刚进入渔网绵鳚有点麻木不仁，似乎一点也不知道自己的处境。网中鱼虾越来越多了，里面显得拥挤不堪时，绵鳚才感到情况不妙。它竭尽全力向外挣扎，结果被渔网挡住了。然而，绵鳚仍不死心，它把细长的尾巴伸进网扣里，凭借光滑的身体拼命向网外挣脱。可是这种鱼的头部很大，钻不出去，最终仍留在网内。这时，绵鳚仍不罢休，将露出网外的尾部伸进另一个网扣，试图借助尾巴的力量把头部挣脱出来。结果，它又失败了。绵鳚作垂死挣扎了，谁知它再一次把尾巴蜷曲起来，勾住第三个网扣时，已经精疲力尽了。可笑

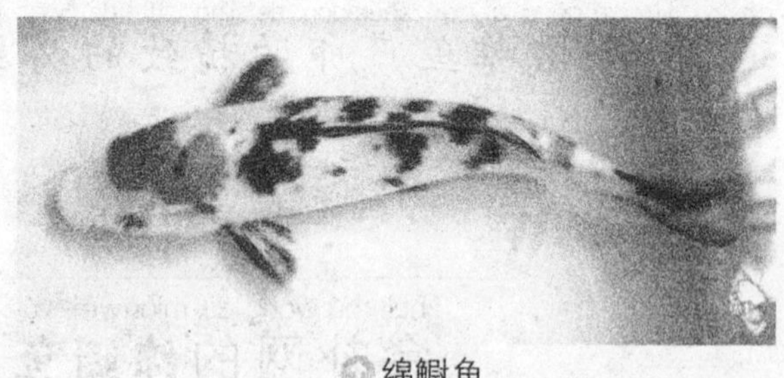
绵鳚鱼

的是，无数条绵鳚同时都采用这种逃跑方法，到头来，它们的尾巴互相缠绕，彼此交织在一起。这样，就把渔网的破洞处“补”得严严实实、完整无缺了。

绵鳚从来也没想到过，自己千辛万苦、挣脱突围，结果不但未能重获自由，反倒帮了渔民的大忙。在生物世界中，这种始料不及的事不是绝无仅有的。

能发电的电鳗鱼

到达美洲的第一批西班牙人，虚构了一个故事：说在南美大陆的丛林中，有一片极为富饶的地区，那里的树木上都挂满了纯金。为了寻找这个天然宝库，由西班牙人迪希卡率领的一支探险队，沿亚马逊河逆流而上，来到了一大片沼泽地的边缘。时值旱季，沼泽几乎干涸了，只有远处的几个小水塘在中午的阳光下闪烁着。

探险队来到了小水塘边。这时，探险队雇佣的印第安人大惊失色，眼中充满恐惧的神情，拒绝从很浅的池水里走过去。迪希卡命令一位西班牙士兵，做个样子给印第安人看看。于是，这位士兵满不在乎地向水中走去。可是，才走了几步远，他就像被谁重重地打了一下似的，大叫一声倒在地上。他的两个伙伴冲上前去救他，也同样被看不见的敌人打倒在地，躺在泥水之中。几个小时以后，见水中毫无动静，士兵们才小心翼翼地走到水里，把三个伤兵救了出来，可是，这时他们三人的脚都已麻痹了。

后来，人们才知道，这个不明真相的怪物就是淡水电鳗。

南美的电鳗是一种大型的鱼，它的模样像蛇，体长两米多，重达二十多千克。平时，电鳗一动不动地躺在水底，有时也会浮出水面。电鳗会发电，能使小虾、小鱼儿和蛙等触电而死，然后饱餐一顿。当它遭到袭击的时候，也会立即放出电来，一举击退敌害的进攻。电鳗不仅利用放电来寻找食物和对付敌害，还将它用于水中通信和导航。有人发现，当雄电鳗接近雌电鳗时，电流的强度会发生变化，这是它们在打招呼呢！

电鳗

其实，放电的本领并不是只有电鳗才有。如今人们已发现，在世界各地的海洋和淡水中，能放电的鱼有五百多种，像电鲟、电鳗、电鳐、电鲶等。人们将这些鱼统称为“电鱼”。有一种非洲电鲶，能产生350伏的电压，可以击死小鱼，将人畜击昏；南美洲电鳗可称得上“电击冠军”了，它能产生高达880伏的电压；北大西洋巨鳐一次放电，竟然能把30个100瓦的灯泡点亮。

为什么“电鱼”能放出这么大的电流呢？科学家经过一番仔细的解剖研究和实验，终于发现在电鱼体内有一种奇特的电器官。各种“电鱼”电器官的位置和形状都不一样。电鳗的电器官分布在尾部脊椎两侧的肌肉中，呈长棱形；电鳐的电器官像两个扁平的肾脏，排列在身体两侧，里面是由六角柱体细胞组成的蜂窝状结构，这六角柱体就叫电板。电鳐的两个电器官中，共有200万块电板。电鲶电器官中的电板就更多了，约有500万块。在神经系统的控制下，电器官便放出电来。单个电板产生的电压很微弱，但由于电板很多，所以产生的电压就很可观了。

有趣的是，世界上最早、最简单的电池——

伏打电池，就是19世纪初意大利物理学家伏打，根据电鳐和电鳗的电器官设计出来的。最初，伏打把一个铜片和一个锌片插在盐水中，制成了直流电池，但是这种电池产生的电流非常微弱。后来，他模仿电鱼的电器官，把许多铜片、盐水浸泡过的纸片和锌片交替叠在一起，这才得到了功率比较大的直流电池。

研究电鱼，还可以给人们带来很多好处。例如，一旦我们能成功地模仿电鱼的电器官在海水中发出电来，那么船舶和潜水艇的动力问题便能得到很好的解决。

一些科学家打算模仿电鱼的发电机理，创造新的通信仪器。在这方面，电鳗和象鼻鱼可以提供宝贵的启示。象鼻鱼是生活在非洲中部河湖中的一种电鱼。它的的鼻子特别长，“有点像大象鼻子，所以人们就叫它象鼻鱼，这种鱼的电器官在尾部，它的背上有一个能接收电波

de dōng xi　hǎo xiàng léi dá de tiān xiàn yí yàng　dāng dí hài pò jìn dào
的东西，好像雷达的天线一样。当敌害迫近到
yí dìng jù lí shí　fǎn shè huí lái de diàn cí bō bèi bèi bù de diàn bō
一定距离时，反射回来的电磁波被背部的电波
jiē shōu qì shōu dào hòu　jiù huì fā xiàn dí qíng jǐng bào　zhè shí　xiàng bí
接收器收到后，就会发现敌情警报。这时，象鼻
yú biàn jí máng liū zǒu
鱼便急忙溜走。

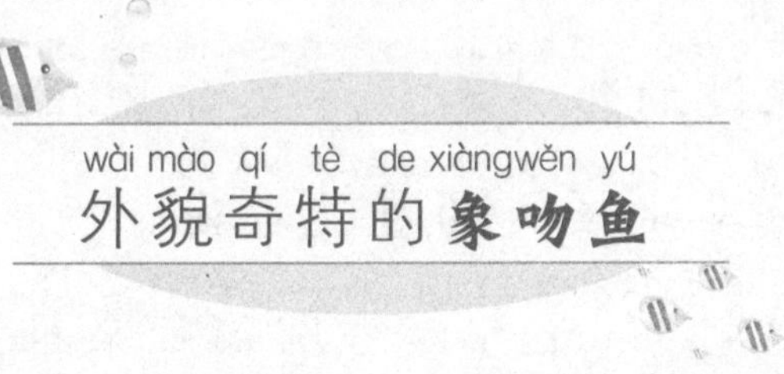

wài mào qí tè de xiàng wěn yú
外貌奇特的象吻鱼

zài fēi zhōu　rén men cháng cháng huì jiàn dào yì zhǒng wài mào fēi cháng qí
在非洲，人们常常会见到一种外貌非常奇
tè de yú　jiān jiān de cháng wěn xiàng xià wān qū　bǐ shēn tǐ yào cháng　jiù
特的鱼：尖尖的长吻向下弯曲，比身体要长，就
xiàng dà xiàng de bí zi yí yàng　gēn jù zhè yì shēn tǐ tè zhēng　rén men
像大象的鼻子一样。根据这一身体特征，人们
gěi tā qǐ le gè yǒu qù de míng zi　xiàng wěn yú　xiàng wěn yú zài
给它起了个有趣的名字——象吻鱼。象吻鱼在
fēi zhōu fēn bù hěn guǎng　chú sā hā lā shā mò hé nán bù fēi zhōu yǐ wài
非洲分布很广，除撒哈拉沙漠和南部非洲以外，
jī hū suǒ yǒu de hé liú　hú pō zhōng dōu hěn róng yì jiàn dào tā de zōng yǐng
几乎所有的河流、湖泊中都很容易见到它的踪影。

chú le wài xíng qí tè yǐ wài　xiàng wěn yú hái yōng yǒu yí tào hǎn
除了外形奇特以外，象吻鱼还拥有一套罕
jiàn ér dú tè de　shēng wù léi dá xì tǒng　zhè zhǒng　shēng wù léi dá
见而独特的“生物雷达系统”。这种“生物雷达

系统”的工作原理和人们平时见到的电子雷达有相同之处，但又有所不同。作为一种动物，它无法发出电磁波，而是利用尾部皮肤内的“电脉冲发生器”连续发出电压2伏、频率为300次/秒的电脉冲。这样一来，就会在它周围形成一个稳定的电场。所谓“电脉冲发生器”，其实是一个名叫莫尔米罗马斯特的梭形器官，位于尾部脊椎两旁，发出的电力线在其头部汇合。游动时象吻鱼身体始终保持平直状态，这是为了避免破坏其周围的电场。如果有不速之客出现在附近，象吻鱼身体周围的电场就会受到干扰，电力线立即偏向对方，于是，高灵敏度的“电感器”马上发出警报。

象吻鱼利用自己的“生物雷达系统”还能及时探测到障碍物。由于这些障碍物大都导电性能差，所以对电力线有天然的斥力。象吻鱼的“生物雷达系统”能很快识别出各种物体的外形、大小、重量、色彩、气味，甚至导电性能。一位欧洲生物学家曾经做过这样一个实验：在两个同样大小的圆形容器中，一个盛满河水，一个灌满蒸馏水，象吻鱼能非常准确地利用它那独特的“生物雷达系统”作出判断。

和许多生物一样，象吻鱼的“生物雷达系统”也是自进化过程的杰出产物。它们生活的非洲天气炎热，河流和湖泊中的有机物极易变质，加上象吻鱼通常在夜间沉在水底觅食，很容易将淤泥搅起，将河水搅浑。如果没有生物雷达系统”，象吻鱼要在黑暗的环境中寻找食物、逃避敌害，简直比登天还难。

象吻鱼还有一个近亲，叫裸臀鱼。它的“生物雷达系统”甚至比象吻鱼更为先进，能感觉到 3×10^{-9} 微安大小的电流变化，能准确识别藏有鱼钩的鱼饵和普通的小鱼。看来，对于这种掌握了“高新技术”的鱼，渔夫们只能望“鱼”兴叹了。

hǎi yáng li nénɡfàngguāng de yú

海洋里能放光的鱼

hēi àn de hǎi yáng li bìng bú shì yí piàn qī hēi chángcháng yǒu
黑暗的海洋里，并不是一片漆黑，常常有
dài guāng de dòng wù zài shuǐzhōng yóu dàng
带光的动物在水中游荡。

tè bié shì shēng huó zài guāngxiàn jiào ruò de shēn hǎi zhōng de zhǒng lèi
特别是生活在光线较弱的深海中的种类，
chángcháng huì fā chū càn làn de guāngmáng zài dà yuē mǐ yǐ xià
常常会发出灿烂的光芒。在大约700米以下
de dà hǎi chù chángnián jiàn bú dào yángguāng kě shì zhè lǐ bìng bù wán
的大海处，长年见不到阳光，可是这里并不完
quán shì yí piàn hēi àn nà lǐ shēngcún zhe hěn duō fā guāngshēng wù xiǎo
全是一片黑暗，那里生存着很多发光生物，小
de tōng tǐ fā guāng ér jiào dà de zé yǒu tè shū de fā guāng qì guān
的通体发光，而较大的则有特殊的发光器官。
ràng rén bù kě sī yì de shì hǎi shuǐ yuè shēn nà xiē fā guāngshēng wù fā
让人不可思议的是海水越深，那些发光生物发
chū de guāng jiù yuè qiáng rén menchángjiàn de wū zéi hé yóu yú mào jīng
出的光就越强。人们常见的乌贼和鱿鱼，貌惊
rén tā men yě shì fā guāng yú zhōng de yì yuán tā men de fā guāng qì
人，它们也是发光鱼中的一员。它们的发光器
guānxiāngdāng dà wèi yú tóu bù yǒu de shēng zài yǎn jing shàngfāng yǒu de
官相当大，位于头部，有的生在眼睛上方，有的
gān cuì zhǎng zài yǎn jing li dāng zhè xiē fā guāng qì guānyòng lái zhàomíng
干脆长在眼睛里。当这些发光器官用来照明

的时候，就把光直接投射在它们要照的物体上。它们也可能把灯“关掉”，也就是用皮膜把发光器官罩住，就像人把眼睛闭了起来。

在太平洋沿岸，人们常常能见到一种三四十厘米长的军曹鱼。称它为军曹鱼，是因为它身上有着排列规则的特殊色彩和条纹，就像穿着制服。而它身上三百多个发光点，则有点儿像下级军官制服上闪闪发亮的铜纽扣。

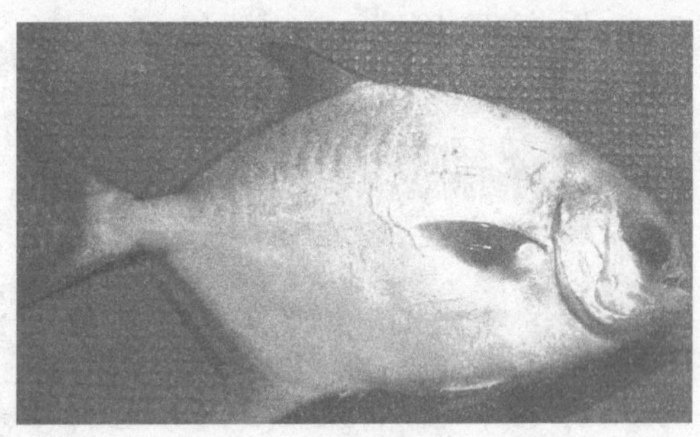

军曹鱼

军曹鱼身上的“铜纽扣”，不是为了照亮黑暗，而是为了寻求配偶。这种鱼的发光机制，也与众不同：它的光是从一种黏稠的体液中发出来的，经过一个透镜聚光，并由一层透明薄膜保护，闪闪烁烁，煞是好看。

深海里的鮟鱇鱼，是捕猎鱼虾的能手，它的渔具很特别：一般鱼的脊鳍总是向后掠的，鮟鱇鱼也有向后掠的脊鳍，但是在整排向后掠的脊刺中，独独有一条向前伸出，这条刺很长，一直垂到嘴前，很像一根“钓鱼竿”。就在这根“钓鱼竿”梢头上，长着一个梨形的“鱼饵”，发出明亮的光。众多的深海鱼虾，纷纷来到这个亮晶晶的鱼饵边上，既想看，更想吃，它们根本没有想到，也不曾注意，在这个鱼饵的后面正张着一张贪婪的大嘴呢！等到发现，它们已经身处鱼嘴那锐利的齿牙之间了。

类似的发光鱼还有很多，发光器官也各有奥妙。有硬骨鱼类具有非常高级的发光系统，它们的身体两侧有几排发光球。印度洋里有一种灯眼鱼，在眼的下边，有一个很大的发光器官。

鱼类的建筑师三棘刺鱼

在鱼类中有名的"建筑师"要算是三棘刺鱼了。每当它们将成婚立家时，事先要进行设计、施工、建筑一座既坚固又漂亮的"新房"。房子的地基一般选在水草间或岩石地带的池洼间，要求水的深浅合适，并经常有水流动。地基选好后，便开始备料，收集一些水草根茎和其他植物屑片。雄鱼从自己的肾脏中分泌出一种黏液，把这些材料黏结在一起，再用嘴巴咬来咬去，直到咬出窝的形状。为了加固，它又

三棘刺鱼

用身上的黏液在房子的内外上下四面八方涂抹、磨擦、修饰，使表面整齐、光滑，好似刷了两层清漆一般。建成的房子，中间空心，略带椭圆形，有两个孔道，一个出口一个进口。这才算大功告成，于是雄鱼在四周游来游去，美滋滋地欣赏自己的杰作。这位未来的新郎就开始找未来的“新娘”了，一旦看中，便会做出一套复杂的求爱动作，把雌鱼引到自己精心建造的房旁，征求“新娘”的意见，如果雌鱼满意，便双双进入“洞房”；如果“新娘”羞羞答答故作姿态不肯进房，于是“新郎”便不高兴地竖起背上硬刺逼着“新娘”进去。雌鱼进窝后便产下两三粒卵，然后穿堂而过，雄鱼立即在卵粒上注射精液。第二天雄鱼又另拉一条雌鱼产卵婚配，直到房子里充满卵粒为止。这种精美的“新房”就变成很安全、很舒适的育儿室了。

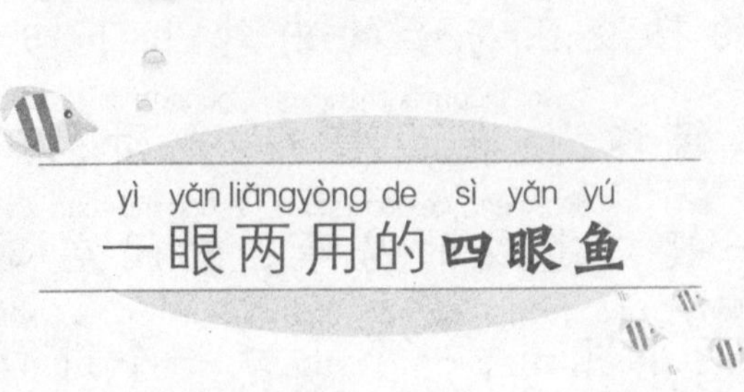

一眼两用的四眼鱼

鱼有两只眼睛（除盲鱼以外），怎么会有四只眼睛的鱼儿呢？当你在游泳池里游泳时，将头部钻入水中睁眼四望时，就会感觉到所见的物体都是模糊不清的。我们用这一简单的逻辑推理，不难想象一条鱼儿从水里冒出，它将同样地看不清周围的物体。这一事实，说明了人和鱼的眼睛构造是不同的，鱼儿只能在水中视物，而人眼则仅适应于看陆上东西。

可是在热带美洲的一些河流里，有一种奇怪的鱼，却具有鱼和人的双重视觉，比人类高出一着。它的两只眼睛都分成上下两个部分，各有自己的焦距，中间被一水平间隔分开。上部分的晶状体，同水上的背瞳孔联系，很像人的眼睛，靠着两次折射的补偿作用，能够眺望空中王国；下部分的晶状体，同水下的腹瞳孔紧密联系，成为一只典型的鱼眼，能细察水中世界。因此，这种鱼既能跃出水面捕食飞虫，又能潜入水中捕食游泳的小动物和逃避来犯之敌。它的粗大视神经束从眼睛通到中枢神经系统，在夜间月光下也能看见物体。

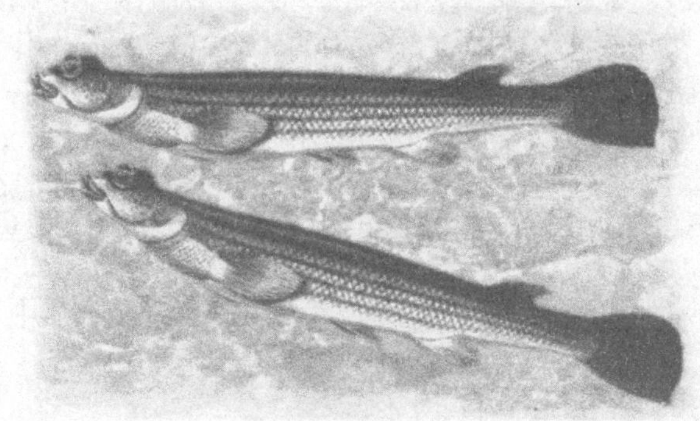

四眼鱼

这种怪鱼，虽然科学家给它取名“四眼鱼”，但实际上只有两只眼睛。这两只眼睛凸出头部之外，看上去很像是两个圆泡泡。由于它的双重视觉，就是渔夫捕捉它们也很不容易，它们往往在渔夫撒网以前就逃开了。

在巴西的亚马逊河口的马拉若岛附近，常常可以看到成群突眼的四眼鱼在浅水区巡逻捕食小型甲壳动物、昆虫和藻类。当它们在水表层时，忽沉忽浮，以此弄湿露出水面的那一部分眼球，有时跃出水面逐食飞虫，煞是好看。

根据科学家研究，认为四眼鱼虽然具有双重视觉，但主要依赖于它的突出视力，从而发现更远的小物体。

离水不死的攀鲈鱼

攀鲈鱼俗称过山鲫、飞鲫。体形略似罗非鱼，但个体较小，长仅100毫米。

攀鲈鱼栖息于静止、水流缓慢、淤泥多的水

体。当水体干涸或环境不适时，常依靠摆动鳃盖、胸鳍、翻身等办法爬越堤岸、坡地，移居新的水域，或者潜伏于淤泥中。攀鲈的鳃上器非常发达，能呼吸空气，故离水较长时间而不死，当水体缺氧、离水、或在稍湿润的土壤中可以生活较长时间。攀鲈以小鱼、小虾、浮游动物、昆虫及其幼虫等为食。为了捕食空中昆虫，常依靠头部发达的棘、鳃盖、胸鳍等器官攀爬上岸边树丛。

攀鲈鱼分布在东南亚多水草的河口、湖泊、沼泽等地区，以能在陆地上行走而出名。它们以胸鳍支撑躯体，尾鳍左右摆动，像海豹般地向前挪进，并且可保持数小时的陆上生活，这是因为部分的鳃呈玫瑰花瓣般的皱褶状，上面密布生着毛细血管，能直接吸收空气中的氧气排出血中的二氧化碳的缘故，攀鲈只是虚有其名，事实上它并不能够爬树。

攀鲈科归

鲈鱼

属鲈形目，原产于东南亚的水域中。本类鱼主要产于东南亚和赤道非洲，种类不多，但多数都是极受欢迎的种类。本类鱼性格粗暴，对同类往往毫不留情，对其他的鱼类却比较温顺，一般来说是混养的好种类，但切记不要和鲤科鱼混养。因为鲤科鱼会舐咬本类鱼下垂的鳍条，给攀鲈科鱼造成极大的损伤。此外，攀鲈科鱼中的泰国斗鱼非常好斗，不能与其他鱼类一起混养。

攀鲈科鱼在第一鳃弓上有辅助呼吸器官，并有丰富的血管网分布。当水中缺氧时，鱼即会游至水面直接从空气中呼吸氧气，因此，此类鱼在饲养中不会因为水族箱缺氧而窒息死亡。攀鲈科鱼多为肉食性，部分品种会吃小鱼。

适应弱酸性软水，pH值5.5—6.5之间，适应水温20—30摄氏度。

繁殖时期，雌雄亲鱼都有婚色，体色特别鲜艳，尤其雄鱼更是如此。攀鲈科鱼的繁殖方式为卵生、体外受精、吐筑泡沫巢，即雄鱼常在雌鱼产卵前选好一个水面平静而有浮水植物的地方，一般多选在水族箱边角处或者在水草叶片间，先从水面吸入一口气，而后游至营巢处吐出泡沫，继而再吸气，再次吐泡筑巢，如此反复多次，构成一个泡沫巢。雌鱼一般不参加筑巢。

当泡沫巢做好以后，雄鱼即追逐雌鱼，如果雌鱼的卵已成熟，即不逃离，听从雄鱼赶它至巢的下方，两鱼互相贴近而扭曲，在巢的下方翻转身体而排卵与排精，完成体外受精过程。如此反复，雌鱼可产卵数千粒，黏附在泡沫巢中。当雌鱼卵产完，应立即把它捞出。因为雄鱼会追逐雌鱼，甚至把它咬死或致伤。而雄鱼则守

cháo hù luǎn bìng jīng cháng tǔ pào xiū cháo jiā gù
巢护卵，并经常吐泡修巢加固。

zài shuǐ wēn dù zuǒ yòu de huán jìng xià pào mò cháo zhōng de yú
在水温25度左右的环境下，泡沫巢中的鱼
luǎn jīng guò xiǎo shí jiù kě yǐ fū huà chéng zǎi yú gāng fū chū
卵经过36—40小时就可以孵化成仔鱼。刚孵出
de zǎi yú réng rán nián fù zài pào mò cháo xià tóu cháo shàng wěi cháo xià rú
的仔鱼仍然黏附在泡沫巢下，头朝上尾朝下，如
guǒ yǒu zǎi yú cóng pào mò cháo zhōng diào xià lái xióng yú jiù huì xián huí cháo
果有仔鱼从泡沫巢中掉下来，雄鱼就会衔回巢
zhōng yuē liǎng rì líng zǎi yú jiù néng lí cháo yóu dòng mì shí yuē
中。约两日龄，仔鱼就能离巢游动觅食。约10
rì líng xióng yú jiù huì lí kāi zǐ yú dāng zǎi yú huì yóu dòng mì shí
日龄，雄鱼就会离开仔鱼。当仔鱼会游动觅食
shí zuì hǎo bǎ xióng yú yǔ zǎi yú fēn kāi sì yǎng yīn xióng yú jī è shí
时，最好把雄鱼与仔鱼分开饲养，因雄鱼饥饿时
huì tūn shí zǎi yú
会吞食仔鱼。

zài bīng lěng de hǎi shuǐ zhōng shēng cún de yú
在冰冷的海水中生存的鱼

dì qiú shang de nán běi jí dì qū shì yí piàn bīng xuě shì jiè
地球上的南北极地区，是一片冰雪世界。
jí dì de hǎi shuǐ bù jǐn wēn dù dī ér qiě hán yán liàng yě hěn gāo shuǐ
极地的海水不仅温度低，而且含盐量也很高，水
wēn zài yě bù dòng bīng ér zhè yàng de dī wēn duì yú yì bān de
温在－2℃也不冻冰。而这样的低温对于一般的

鱼儿来说将是一场灾难，它们很快就会被冻成冰块。

鳕鱼

但是，在这样冰冷的海水里也有很多鱼儿在自由自在地生活着。人们曾在北极的海水里，捕到了比目鱼类；在南极的冰洞下钓到了南极鲤鱼和类似虾虎鱼的鱼类。最近，人们在南极500多米深的海底又钓起一种鳕鱼，长25—100厘米，重8公斤到几十公斤不等，全身蓝白色，布满各色斑点，大眼、厚唇、阔嘴，一副怪样子。

这些鱼类为什么能在冰冷的海水中生存下去呢？极地鱼类的这种耐冻本领引起了科学家们的极大兴趣。他们对南极鳕鱼的血液进行化学分析，发现这种鱼血液中含有一种叫蛋白糖的物质，它具有惊人的抗冻的化学和物理特性。这种抗冻的蛋白糖同冰晶的表面结合后，就会隔绝水和冰晶的接触，从而防止凝成更大的冰块。

加拿大动物学专家符赖茨经过长期研究认为，极地鱼类在冬季来临前的那一个月里，体内就开始增加一种特俗的“不冻液蛋白质”。这种特殊的蛋白质能调节鱼体内的渗透压，使血液更浓，凝固点降低，因此极地鱼就能在寒冷的海水中生存了。

这个谜底的揭晓只是解决了一串问号中的一个，还有许多问题需要进一步探索，如这种特殊的蛋白质是怎样合成的呢？它的化学和物理性质是怎样的？能否人工合成呢？这些问题的秘密还有待进一步揭开。

yǒu qì bèng de měi zhōu fèi yú
有“气泵”的美洲肺鱼

yǎng guò jīn yú de rén dōu zhī dào yòng qì bèng wǎng shuǐ li chōng qì
养过金鱼的人都知道，用气泵往水里充气
néng shǐ yú ér dé dào gèng duō de yǎng qì ér hěn duō yú ér zài yǎng ér
能使鱼儿得到更多的氧气。而很多鱼儿在养儿
yù nǚ shí yě zhī dào jìn liàng ràng hòu dài dé dào gèng duō de yǎng qì bǐ
育女时，也知道尽量让后代得到更多的氧气。比
rú zài rè dài shuǐ yù li shēng huó de lì yú duì hòu dài guān huái bèi
如，在热带水域里生活的丽鱼，对后代关怀备
zhì mǔ yú chǎn luǎn hòu bǎ zì jǐ chǎn de luǎn hán zài kǒu nèi yíng zhe
至，母鱼产卵后，把自己产的卵含在口内，迎着
shuǐ liú yóu dòng shǐ luǎn jì yǒu yí gè ān quán de chǎng suǒ yòu yǒu zú gòu
水流游动，使卵既有一个安全的场所又有足够
de yǎng qì xióng lǚ shī
的氧气。雄履狮
zi yú wèi le ràng yú luǎn
子鱼为了让鱼卵
dé dào chōng fèn de yǎng qì
得到充分的氧气
hé shuǐ fèn jiù jīng cháng
和水分，就经常
wǎng luǎn shang tǔ shuǐ rán
往卵上吐水。然
ér tā men dōu bǐ bú
而，它们都比不

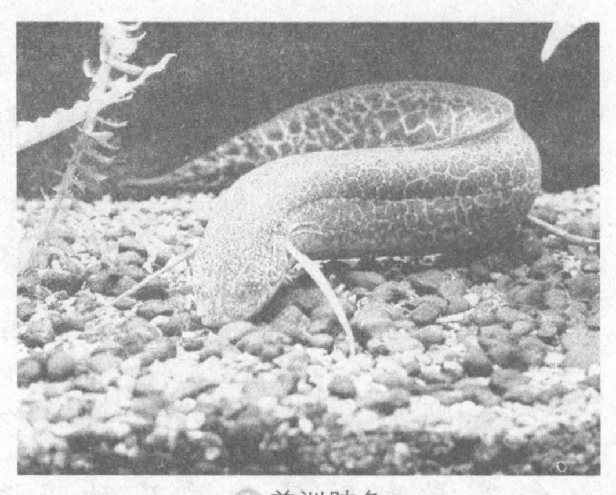
美洲肺鱼

上肺鱼，因为美洲肺鱼才是使用“气泵”的高手。

美洲肺鱼长约1米，身体细长，呈鳗形，周身布满小鳞，生活在南美洲水草繁茂的水塘中。平素它们只用鳃呼吸。到了旱季或水质变坏时，才用“肺”呼吸。肺鱼的“肺”其实是它们结构独特的鳔，这鳔又叫肺囊，构造很像两栖动物的肺，内部布满四通八达、错综复杂的毛细血管网，能吸进氧气，呼出二氧化碳。旱季时，灼热的阳光把池塘里的水完全烤干了，美洲肺鱼早已钻入淤泥中进行夏眠。雨季终于降临，当大雨淋湿了包裹美洲肺鱼体表的硬泥时，它们才从夏眠中苏醒过来并开始为建巢而忙碌，先在河底竖直往下用嘴和鳍连啃带刨挖出垂直的坑道，然后双双对对进入坑道筑巢、交配和产卵。而后雌鱼孵卵，雄鱼则始终在巢外护卫。

美洲肺鱼生活的环境十分复杂，它们为什么能及早发现敌人并及时躲避呢？鱼类学家告

su wǒ men měi zhōu fèi yú de shì jué hěn chà jī hū bù néng yòng yǎn jing
诉我们，美洲肺鱼的视觉很差，几乎不能用眼睛
gǎn jué wù tǐ de xíng tài hé yùn dòng dàn tā men néng yòng liáng hǎo de xiù
感觉物体的形态和运动，但它们能用良好的嗅
jué hé wèi jué lái mí bǔ shì jué de bù zú zuì zhòng yào de shì měi
觉和味觉来弥补视觉的不足。最重要的是，美
zhōu fèi yú shēng yǒu shí fēn líng huó de biān zhuàng xiōng qí hé fù qí zhè xiē
洲肺鱼生有十分灵活的鞭状胸鳍和腹鳍，这些
qí tiáo de mò duān shēng yǒu jí wéi líng mǐn de chù jué qì yòng lái tàn cè
鳍条的末端生有极为灵敏的触觉器，用来探测
zhōu wéi de dòng jing měi zhōu fèi yú jiù kào zhè xiē duì xiǎn è huán jìng yìng
周围的动静。美洲肺鱼就靠这些对险恶环境应
fù zì rú yóu qí lìng rén chī jīng de shì tā men de fù qí jìng hái
付自如。尤其令人吃惊的是，它们的腹鳍竟还
yǒu chōng dāng qì bèng de zuò yòng xiǎo yú gāng cóng luǎn zhōng fū chū shí
有充当“气泵”的作用。小鱼刚从卵中孵出时，
hū xī xì tǒng shàng wèi fā yù wán quán shí fēn xī wàng néng gōng jǐ chōng zú
呼吸系统尚未发育完全，十分希望能供给充足
de yǎng qì zhè shí xióng yú fù qí biǎo miàn zhǎng chū le chōng mǎn máo xì
的氧气。这时，雄鱼腹鳍表面长出了充满毛细
xuè guǎn de tū qǐ néng gòu bǎ yǎng qì yuán yuán bú duàn de shì fàng dào zhōu
血管的突起，能够把氧气源源不断地释放到周
wéi shuǐ yù zhōng gōng xiǎo yú hū xī
围水域中，供小鱼呼吸。

měi zhōu fèi yú de qì bèng shì tā men duì quē yǎng huán jìng de shì
美洲肺鱼的“气泵”是它们对缺氧环境的适
yìng zhè zhǒng shì yìng jīng guò le màn cháng qū zhé de jìn huà guò chéng cái dé
应，这种适应经过了漫长曲折的进化过程才得
dào jiā qiáng chéng wéi yú lèi shì jiè zhōng hǎn jiàn de xiàn xiàng
到加强，成为鱼类世界中罕见的现象。

yǒu xī pán de zhāng yú
有吸盘的章鱼

zhāng yú de tóu bù zhōu wéi yǒu tiáo wàn
章鱼的头部周围有8条腕，
wàn shang gòng zhǎng yǒu gè xī pán zhè xiē wàn
腕上共长有240个吸盘，这些腕
kě yǐ fù zhuó zài hǎi dǐ suí yì pá xíng xī
可以附着在海底随意爬行。吸
pán de sì zhōu yǒu yì quān ruì lì de yá chǐ bǔ
盘的四周有一圈锐利的牙齿，捕
zhuō liè wù fēi cháng fāng biàn zhāng yú zhǎng zhe dà
捉猎物非常方便。章鱼长着大
ér yuán de yǎn jing shēn tǐ de qián fāng hái yǒu yí
而圆的眼睛，身体的前方还有一
gè dú tè de zhuāng zhì lòu dǒu tā men jiè
个独特的装置—漏斗。它们借
zhù lòu dǒu chù pēn chū qiáng jìn de shuǐ de fǎn zuò
助漏斗处喷出强劲的水的反作
yòng lì fēi kuài de yóu dòng
用力飞快地游动。

章鱼

zhāng yú de lòu dǒu shì tā de fáng shēn fǎ bǎo tā bú dàn kě yǐ
章鱼的漏斗是它的防身法宝。它不但可以
jiè zhù lòu dǒu pēn shuǐ ér bǐ zhí qián jìn ér qiě zài miàn lín dí hài shí
借助漏斗喷水而笔直前进，而且在面临敌害时，
tǐ nèi mò zhī náng zhōng de mò zhī huì cóng lòu dǒu chù pēn chū zhāng yú chèn
体内墨汁囊中的墨汁会从漏斗处喷出，章鱼趁

着墨汁的掩护而逃之夭夭。

蝙蝠章鱼长30厘米，生活在4000米左右的深海中，它同时具有章鱼和乌贼这两种动物的特征。

在太平洋中生活着一种可怕的章鱼，它叫蓝环章鱼，这个种类的章鱼极为危险，它嘴里的毒液能致人于死地。蓝环章鱼遇到危险时，身上和爪上深色的环就会发出耀眼的蓝光，向对方发出警告。

大部分章鱼在捕捉猎物时，都是先靠近猎物，然后用附有吸盘的腕将猎物牢牢吸住，然后再慢慢享用。但有一种豹纹章鱼，它的唾液中具有极强的毒性，只要将猎物咬伤，便立刻将其制服。

聪明的娃娃鱼

娃娃鱼不是鱼，是两栖动物。它的学名叫大鲵，是我国的珍稀动物。因为它长得像鲶鱼，生活在水中，叫声又酷似婴儿的哭声，所以又被称为“娃娃鱼”。

娃娃鱼

娃娃鱼是一种肉食性动物，比它小的各种动物都吃，如鱼、蚯蚓、青蛙、虾、田螺及各种水生昆虫，尤其喜欢吃一种叫石蟹的小动物。机灵的石蟹多隐身在溪水石缝当中，很少外出活动，然而它也有一个弱点，两只大螯一旦钳住东西，便死死不肯放手。娃娃鱼利用了这个特点，将自己分泌着腥味的尾巴尖悄悄地伸进石缝，引蟹上钩。石蟹一见送上门来的礼物，急忙举起双螯紧紧钳住不放。娃娃鱼一旦得手，便出其不意地抽出尾巴，回过身来，猛扑石蟹，美餐一顿。

娃娃鱼在水中游时轻盈自如，敏捷灵活。一旦爬上陆地，它就行动笨拙。使人意想不到的是，娃娃鱼竟能捕食空中的飞鸟，这是怎么回事呢？原来，娃娃鱼利用久旱不雨的天气，先在溪水中喝了一肚子水，接着爬到鸟类经常停栖的树枝上，然后头向上，张开大嘴，再将肚子里的水呕到口中，它可以一连坚持几小时不动，好像一口小小的清泉。鸟儿飞来，见到“泉水”，便迫不急待地去饮用，聪明的娃娃鱼将水慢慢地咽下，鸟只好把头伸进娃娃鱼的嘴里吸水，突然“啪”的一声，娃娃鱼一下子咬住了鸟头，慢慢享受送上门来的佳肴。

能换“外衣”的皇帝鱼

变色龙是人们熟知的动物，它以善于改变体色而引起了人们的兴趣。变色龙学名叫避役，分布在非洲北部、小亚细亚、西班牙等地。它的舌头比身体还长，用来捕食昆虫十分方便。它变色的奥妙在于真皮内有多种色素细胞，它们能够随时伸缩，而引起体色的变化。每一只变色龙都有一种基本色素细胞，它可以变深、变浅，并同其他颜色相配合。因此，变色龙的体色变化，并不像人们想象的那样丰富多彩。

变色龙的体色变化，对于人们来说已经不是什么秘密了。但对于生活在海中的一种能变色的鱼，人们还没有弄清它变色的奥秘。

zhè zhǒng yú cháng nián shēng huó zài nuǎn hǎi de shān hú cóng zhōng chéng nián
这种鱼常年生活在暖海的珊瑚丛中，成年
hòu shēn shang biàn huì huàn shàng yí jiàn huáng sè dài shù tiáo wén de wài yī xiǎn
后身上便会换上一件黄色带竖条纹的外衣，显
de hěn zūn guì suǒ yǐ rén men biàn jiào tā huáng dì yú yǒu shí hou rén
得很尊贵，所以人们便叫它“皇帝鱼”，有时候人
men yòu jiào tā shù wén náng diāo
们又叫它竖纹囊鲷。

yì bān de yú lèi yì shēng zhī zhōng zhǐ yǒu yí tào wài yī ér
一般的鱼类一生之中只有一套“外衣”，而
huáng dì yú yì shēng què yào huàn liǎng tào yī fu zhè yě xǔ shì wèi le
皇帝鱼一生却要换两套“衣服”，这也许是为了
xiǎn shì tā de yǔ zhòng bù tóng hé gāo guì zhī chù ba
显示它的与众不同和高贵之处吧！

皇帝鱼

yòu nián de huáng dì yú
幼年的皇帝鱼，
quán shēn qīng sè tǐ biǎo zhǎng
全身青色，体表长
zhe bái sè de xuán wō zhuàng huā
着白色的漩涡状花
wén shén tài shí fēn kě rén
纹，神态十分可人。
dāng yòu yú zhǎng dào duō lí
当幼鱼长到20多厘
mǐ cháng shí tā shēn pī de wài yī jiù kāi shǐ biàn yàng le tǐ biǎo
米长时，它身披的“外衣”就开始变样了，体表
de huā wén wán quán gēng huàn le biàn chéng cóng tóu dào wěi zòng xiàng pái liè de
的花纹完全更换了，变成从头到尾纵向排列的
tiáo huáng sè shù wén shí fēn zhuāng zhòng dà fāng chuān shàng zhè jiàn xīn
15条黄色竖纹，十分庄重大方。穿上这件新
wài yī de huáng dì yú xiǎn de gèng jiā huá guì piào liang zhēn xiàng shì dēng
“外衣”的皇帝鱼显得更加华贵漂亮，真像是登
jī lì lín tiān xià de huáng dì
基莅临天下的皇帝。

huáng dì yú cóng yòu yú dào chéng yú jiē duàn suǒ fā shēng de tǐ biǎo
皇帝鱼从幼鱼到成鱼阶段所发生的体表
biàn huà fēi cháng dà céng jīng bǎ yì xiē yú lèi xué jiā yě gǎo hú tu le
变化非常大，曾经把一些鱼类学家也搞糊涂了，
wù rèn wéi tā men shì liǎng zhǒng bù tóng de yú ér dāng tā men nòng qīng le
误认为它们是两种不同的鱼。而当他们弄清了
shì shí zhēn xiàng hòu xīn de yí wèn yòu chǎn shēng le huáng dì yú de wài
事实真相后，新的疑问又产生了：皇帝鱼的“外
yī wèi shén me huì fā shēng rú cǐ qí miào ér xiǎn zhù de biàn huà ne
衣”为什么会发生如此奇妙而显著的变化呢？
zhè zhǒng biàn huà duì tā běn shēn yǒu shén me yì yì ne yú lèi xué jiā zhèng
这种变化对它本身有什么意义呢？鱼类学家正
zài duì zhè xiē yǒu qù de wèn tí zhǎn kāi yán jiū
在对这些有趣的问题展开研究。

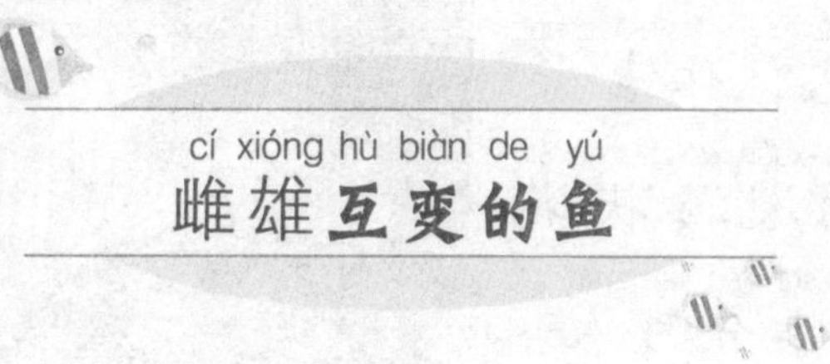

cí xióng hù biàn de yú
雌雄互变的鱼

zài hóng hǎi li yǒu yì zhǒng jiào yóu de yú xǐ huan jí tǐ shēng
在红海里有一种叫“鱿”的鱼，喜欢集体生
huó qí shǒu lǐng shì yì tiáo tǐ dà qiáng zhuàng de xióng yú tā yě shì
活，其“首领”是一条体大强壮的雄鱼，它也是
yú qún zhōng wéi yī de yì tiáo xióng yú dāng zhè wèi shǒu lǐng shuāi ruò dào
鱼群中唯一的一条雄鱼。当这位“首领”衰弱到
bù néng kòng zhì suǒ dài de cí yú qún shí yú qún zhōng jiù yǒu yì tiáo cí
不能控制所带的雌鱼群时，鱼群中就有一条雌
yú huì yìng yùn ér biàn chéng xióng yú bìng hé yuán lái de nà tiáo yú zhēng duó
鱼会应运而变成雄鱼，并和原来的那条鱼争夺

“王位”，占有它的“妃子”。

鱿鱼

在印度洋里，有一种和海葵共生的鱼类，这种鱼群常常是以一条体大的雌鱼为首，率领一些小的雄鱼和更多的幼鱼，洄游于热带的珊瑚礁附近。这条最大最老的雌鱼还率领那些小一点儿的雄鱼不断地攻击幼鱼，破坏它们的性发育，防止它们的成熟。最为有趣的是，一旦这个鱼群中的“女皇”遭到不幸，雄鱼中最大的一条，便会在两个月内变成雌鱼来继承“女皇”的王位。

太平洋中有一种鳝鱼身兼两种性别，它们在一生中都要经过雌雄两种性别的发育过程。从幼鳝到成鳝，属于雌性的黄鳝，成鳝有产卵的本领。可是，在产过一次卵之后，就变雌为雄了。这种奇异的生理变态现象，科学上称之为“性反转”。

可不可以根据人类的需要，用人工的方法使得鱼类性变呢？实践证明是可以的。比如非洲鲫鱼是一种肉多味美和营养价值很高的鱼类。但是，在自然的环境中雌的多，雄的少，而且雌的生长慢，体形小。为了提高这种鱼的食用和经济价值，在鱼苗孵出不久，往水中施放小剂量的荷尔蒙药剂，数周后，雌鱼就变成雄鱼了，从而鱼的产量可以倍增。

五 「多彩味美」之鱼

DUO CAI WEI MEI ZHI YU

鱼中皇后神仙鱼

神仙鱼

神仙鱼又名燕鱼、天使鱼。分布于南美洲的亚马逊河流域。神仙鱼体形侧扁，呈圆菱形，鱼体长约12厘米，高约15厘米。它的形态很奇特，鱼体略近圆形，呈银色光泽，间有四条黑色的粗条纹，前端的条纹经过眼部，后端的条纹接连尾鳍，中间的两条则分布在鱼体中部。神仙鱼的背鳍和臀鳍很长，均向后侧舒展，如飞燕迎春，长长的鳍又似轻飘飘的衣带，游动时那种悠然自得的姿态颇有神仙风韵，故称神仙鱼。

shén xiān yú shì yì zhǒng hěn zhēn guì de guānshǎng yú tā men yǐ yōngróng huá
神仙鱼是一种很珍贵的观赏鱼，它们以雍容华
lì de wài biǎo duānzhuāng wěnzhòng de yóu zī yíng dé le rè dài yú zhī
丽的外表、端庄稳重的游姿，赢得了“热带鱼之
wáng yú zhōng zhī hòu de měi yù
王”、“鱼中之后”的美誉。

dà shén xiān yú shì nán měi zhōu fēn bù jiào guǎng de yì zhǒng guānshǎng
大神仙鱼是南美洲分布较广的一种观赏
yú wài xíng yǔ shén xiān yú xiāng sì zhǐ shì tǐ xíng jiào dà shēncháng kě
鱼，外形与神仙鱼相似，只是体形较大，身长可
dá lí mǐ gāo yuē lí mǐ yà mǎ xùn hé jí qí zhī liú
达15厘米，高约20厘米。亚马逊河及其支流、
bì lǔ hé è guā duō ěr dōu shì tā men de gù xiāng zài tiān rán de shuǐ
秘鲁和厄瓜多尔都是它们的故乡。在天然的水
yù zhōng dà shén xiān yú shì chéng qún huó dòng de cháng yǐ yì qún zhì
域中，大神仙鱼是成群活动的，常以一群15至
wěi de guī mó chū mò yú shuǐ cǎo fán mào de yán àn qiǎn shuǐ qū yù
20尾的规模出没于水草繁茂的沿岸浅水区域，
yǐ yì xiē xiǎo dòng wù de yòu chóng wéi shí
以一些小动物的幼虫为食。

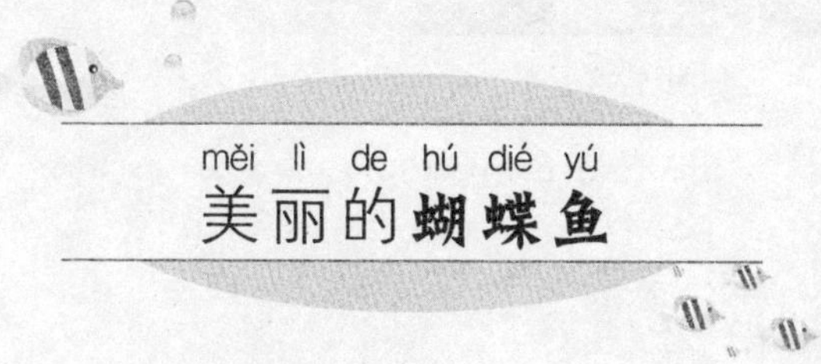

měi lì de hú dié yú
美丽的**蝴蝶鱼**

shēng huó zài rè dài shān hú jiāo zhōng de hú dié yú dà yuē yǒu
生活在热带珊瑚礁中的蝴蝶鱼，大约有150
gè zhǒng lèi hú dié yú de tǐ xíng shòu shòu biǎn biǎn de chéng tuǒ yuán xíng
个种类。蝴蝶鱼的体形瘦瘦扁扁的，呈椭圆形，

体长大约20厘米，犹如陆地上的蝴蝶在水中翩翩游动。它们身上具有漂亮的斑点，头小，嘴既短又小，能伸缩，以珊瑚枝及小型甲壳虫为食，只有一个背鳍，尾鳍呈圆形。

五彩斑斓的色彩和变化各异的图案，都是鱼儿自身皮肤的“广告色”。它们不但利用皮肤颜色来传递信息，布置监视哨，同时，与它们的体形、行为，组成了它们生活中不可缺少的“会话”语言来保护自身。这种“广告色”经过演变、进化、繁衍而世代相传。

蝴蝶鱼

蝴蝶鱼的尾部非常完整，几乎看不到分叉。据说有一次，人们在东非捕获到一条蝴蝶鱼，尾部有一条类似阿拉伯文字的图案，意思是“世上

zhēnshén wéi yǒu ān lā jié guǒ zhè tiáo yú shēn jià bèi zēng
真神惟有安拉”，结果这条鱼身价倍增。

hú dié yú suī rán yǒu zhe huá lì de wài biǎo dàn tā men què nìng
蝴蝶鱼虽然有着华丽的外表，但它们却宁
yuànjiāng zì jǐ huá lì de yī shang yǐn cáng zài shān hú cóngzhōng yīn wèi tā
愿将自己华丽的衣裳隐藏在珊瑚丛中，因为它
men de dǎn zi tè bié xiǎo yí yù dào fēng chuī cǎo dòng biàn jí máng duǒ qǐ
们的胆子特别小，一遇到风吹草动便急忙躲起
lái bú guò yào shì zài shuǐ zú xiāngzhōng tā dào shì guò de xiāo yáo zì
来。不过，要是在水族箱中，它倒是过得逍遥自
zai ér zhǔ rén yě bì xū jù bèi yì xiē sì yǎng de jī běn cháng shí jí
在，而主人也必须具备一些饲养的基本常识，即
yuè shì sè cǎi bān lán de hú dié yú yuè nán yǎng ér qiě yóu yú tā
越是色彩斑斓的蝴蝶鱼越难养。而且，由于它
men shēngxìng nuò ruò zài jìn shí shí wǎngwǎngzhēng bú guò qí tā yú zhè
们生性懦弱，在进食时往往争不过其他鱼，这
shí nǐ jiù yào gěi tā yì xiē tè shū de zhào gù le
时，你就要给它一些特殊的照顾了。

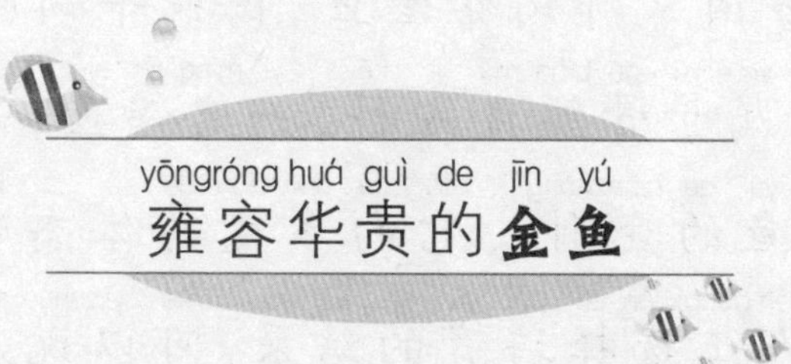

yōngróng huá guì de jīn yú
雍容华贵的**金鱼**

jīn yú shì yì zhǒng jiāo róu xiān ruò de yú lèi tā men nà ē nuó
金鱼是一种娇柔纤弱的鱼类。它们那婀娜
duō zī diǎn yǎ piāo yì de wài xíng céng jīng yǐn qǐ le wú shù de zàn yù
多姿、典雅飘逸的外形曾经引起了无数的赞誉，
yǒu rén chēng tā men wéi huó zài shuǐzhōngnéng gòu yóu dòng de huā duǒ
有人称它们为“活在水中能够游动的花朵”。

金鱼

金鱼起源于普通鲫鱼。由于受到外界环境的影响，鲫鱼身上的黑灰色消失或转换成红黄色。古时候，人们相信具有特殊体色的鲫鱼是来自天上的神鱼，所以不但不敢食用，反倒将它们投入放生池中饲养。渐渐地，金鱼的第一代品种——金鲫鱼就这样形成了。

许多国家都饲养金鱼，但最早饲养的是中国。金鱼属于骨鳔目鲤科，一名锦鱼，是野生金黄色鲫鱼的变种。它的多变的体态和色彩都是中国人工选择培育的结果。可以说是中国的一种艺术特产。根据它半家化、家化的演变过程，能在700—900年这样短的时期内把野生的“金鲫鱼”完全驯化，而又能培育出千变万化的许多新品种，这在世纪野生动物驯化史上是一个成功的奇迹。世界各国的金鱼都是直接或间接由中国引种的。据历史记载，金鱼最早传入日本是1502年；英国则为17世纪末叶；美国则为19世界初引进的。金鱼的祖先是一种金黄色、身长尾小的野生鲫鱼，亦称野金鱼。野金鱼的身体是长的，两侧是扁的。由躯干到尾柄，背面和腹面的轮廓是平滑的。金鱼的观赏品种的体形与野生类型差异很大。宋朝诗人苏东坡："我爱南屏金鲫鱼，重来拊槛散斋余"的诗句，说明在那时就普遍注意了金鱼和鲫鱼的亲缘关系。金鲫鱼最早是在我国晋朝时发现的，到了隋唐就已有了养鱼供观赏习尚。到了宋朝被正式养作观赏鱼，并引进金鱼家化的遗传研究。金鲫鱼最古的家乡有两种：一是嘉兴的"月波楼"下，另一处是杭州西湖的"六和塔"下的山沟中和南屏山下净慈寺对面的兴教寺池内。到了南宋，赵构皇帝迷恋玩养动物，特在

hángzhōu jiàn zào dé shòugōng gōng nèi pì yǒu zhuānmén yǎng jì yú de chí táng
杭州建造德寿宫，宫内辟有专门养鲫鱼的池塘。
zài tā de yǐngxiǎng xià shì dà fū men yě fēn fēn xiāng jì zào chí yǎng yú
在他的影响下，士大夫们也纷纷相继造池养鱼，
xíngchéng yì gǔ fēng qì dào le míngcháo mò nián jīn yú de sì yǎng jì
形成一股风气。到了明朝末年，金鱼的饲养技
shù yǒu le jiào dà de jìn zhǎn kāi shǐ yóu chí yǎng zhuǎn dào gāng pén sì
术有了较大的进展，开始由池养转到缸、盆饲
yǎng jīn yú yóu yě shēng jīng bàn jiā huà chí yǎng jiā huà dào pén yǎng jiā
养。金鱼由野生、经半家化、池养家化到盆养家
huà de yí xì liè guò chéng zhōng huán jìng tiáo jiàn yǒu le hěn dà de biàn huà
化的一系列过程中，环境条件有了很大的变化，
jīn yú zài gè gè fāng miàn zhú jiàn chū xiàn le biàn yì ér zhè ge biàn yì
金鱼在各个方面逐渐出现了变异，而这个变异
yòu bèi wǎng hòu de yǒu yì shí de rén gōng xuǎn zé dà dà de jiā qiáng zhōng
又被往后的有意识的人工选择大大地加强。终
yú xíngchéng le xíng tài hé sè cǎi jí wéi fán duō de xiàn dài jīn yú pǐn zhǒng
于形成了形态和色彩极为繁多的现代金鱼品种。

sè cǎi bān lán de yīng wǔ yú
色彩斑斓的鹦鹉鱼

zài rè dài hǎi yáng de shān hú jiāo zhōng shēng huó zhe yì zhǒng sè cǎi
在热带海洋的珊瑚礁中生活着一种色彩
yàn lì de rè dài yú tā men shēn shang yǒu lǜ yíng yíng huáng càn càn de
艳丽的热带鱼。它们身上有绿莹莹、黄灿灿的
bān lán sè cǎi jiù xiàng yīng wǔ piào liang de wài yī zhè jiù shì yīng wǔ yú
斑斓色彩，就像鹦鹉漂亮的外衣。这就是鹦鹉鱼。

鹦鹉鱼的胃口特别大，几乎什么都吃，而且整天吃个不停。它的嘴里上下都有一排牙齿，能咬下粗硬的海藻，连多刺的海胆也不能幸免。鹦鹉鱼还可以咬动坚硬的珊瑚，吞下较柔软的部分，并且能把消化不了的珊瑚排泄出来，形成沙子。

每当夜幕降临，鹦鹉鱼便分泌出一种黏液，形成晶莹透亮的薄膜，把自己全身上下严严实实地包裹起来，就像穿上了一件漂亮的“睡衣”。

鹦鹉鱼

yǒu qù de shì tiān liàng shí yīng wǔ yú yòu fēn mì chū lìng yì zhǒng nián
有趣的是，天亮时，鹦鹉鱼又分泌出另一种黏
yè jiāng shuì yī róng jiě de yì gān èr jìng yú shì yīng wǔ yú píng
液，将“睡衣”溶解得一干二净。于是，鹦鹉鱼平
píng ān ān de xiū xi le yí yè zhī hòu yòu wú jū wú shù de yóu zǒu le
平安安地休息了一夜之后，又无拘无束地游走了。

yīng wǔ yú shì tuán jié hù zhù de yú yí dàn huǒ bàn dāng zhōng yǒu
鹦鹉鱼是团结互助的鱼，一旦伙伴当中有
shuí fā shēng le bú xìng qí tā yú jiù huì fèn bú gù shēn de gǎn qù bāng
谁发生了不幸，其他鱼就会奋不顾身地赶去帮
máng rú guǒ yì zhī yīng wǔ yú bèi yú gōu gōu zhù tóng bàn jiù yì qǐ
忙。如果一只鹦鹉鱼被鱼钩钩住，同伴就一起
nǔ lì yǎo duàn yú xiàn mào xiǎn jiù chū tā shuí yào shì bèi bǔ yú de
努力咬断鱼线，冒险救出它。谁要是被捕鱼的
kuāng wéi zhù le kuāng wài de yīng wǔ yú hái huì yòng yá yǎo zhù bèi kùn tóng
筐围住了，筐外的鹦鹉鱼还会用牙咬住被困同
bàn de wěi ba pīn mìng bǎ tā cóng kuāng fèng zhōng lā chū lái
伴的尾巴，拼命把它从筐缝中拉出来。

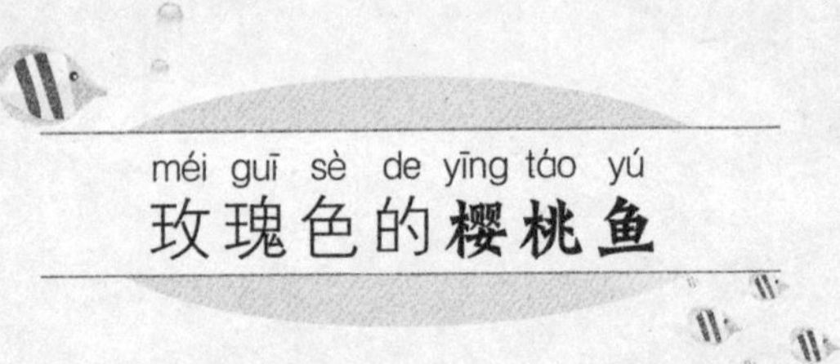

méi guī sè de yīng táo yú
玫瑰色的**樱桃鱼**

yīng táo yú bié míng hóng méi guī yú fēn lèi shang lì shǔ yú lǐ
樱桃鱼别名红玫瑰鱼。分类上隶属于鲤
kē bào yà kē yīn qí hún shēn jī sè chéng méi guī hóng gù chēng hóng
科，鲍亚科。因其浑身基色呈玫瑰红，故称红
méi guī yú yòu yīn fā qíng shí xióng yú chū xiàn hūn yīn sè xiān yàn de rú
玫瑰鱼；又因发情时雄鱼出现婚姻色，鲜艳得如

同刚开放的樱桃花，而有樱桃鲫、樱桃鲃、樱桃钩（鱼芒）等名称。

樱桃鱼体呈纺锤形，稍侧扁，尾鳍呈叉形，体长可达5厘米。红玫瑰鱼从头的前端起至尾柄基部有一条两边呈锯齿状的黑色纵向条纹。背部为紫红色，腹部为淡黄色，全身基本为玫瑰红色，故称为红玫瑰鱼。红玫瑰鱼在发情时出现的婚姻色更加鲜艳，如同樱桃花一样，故又称为樱桃鱼。红玫瑰鱼色极艳丽，小巧玲珑，深得热带鱼爱好者的喜爱。

樱桃鱼

樱桃鱼的雄鱼有互相排斥的习惯，但不互相攻击，它们排斥的主要方法是：当两条雄鱼在一起，它们便会各自旋转，并增加婚姻色，以显示自己的美丽，取得雌鱼的好感。

在生殖期更换新装的鱼

某些鱼在追求异性、繁殖后代的时候，也有“涂脂抹粉”、“更换新装”的现象。生物学家把这种现象，形象地称为“婚姻装”。

婚姻装在淡水鱼中表现得很明显。像鳑鲏鱼、马口鱼、罗非鱼、刺鱼等，在繁殖季节，雄鱼体色都变得鲜艳多彩，发出珍珠般的光泽。鲑鱼能在银白色身上呈现出鲜艳红色；麦穗鱼则能变成深黑色；海洋中的瑚蝶鱼，能也把本来就很漂亮的身体色彩，变得更加瑰丽。

有些鱼类在繁殖期增添一些“装饰”特征，如同人们结婚时要带耳环、手镯一样。例如马口鱼、麦穗鱼、鳊鱼、鲫鱼等，在生殖时期雄鱼

fēn bié zài wěn bù sāi bù huò xiōng qí děng bù tóng bù wèi chū xiàn xǔ duō
分别在吻部、鳃部或胸鳍等不同部位，出现许多
jiǎo zhì tū qǐ zhuān jiā men bǎ zhè xiē jiǎo zhì tū qǐ chēng wèi zhuī xīng
角质突起，专家们把这些角质突起称为“追星”。
yǒu de yú lèi chú chū xiàn zhuī xīng wài tǐ xíng hái fā shēng biàn huà
有的鱼类除出现“追星”外，体型还发生变化。
xiàng guī kē yú lèi xióng yú è bù dōu biàn dé wān qū bèi bù tuó qǐ
像鲑科鱼类，雄鱼颚部都变得弯曲，背部驼起，
wán quán biàn chéng le lìng wài yī fù mó yàng zhè xiē yú lèi chū xiàn zhǒng
完全变成了另外一副模样。这些鱼类出现种
zhǒng tè zhēng dōu shì jī sù cì jī de jié guǒ rú guǒ duì xióng yú zuò
种特征，都是激素刺激的结果。如果对雄鱼作
yān gē shǒu shù nà me zhè xiē hūn yīn zhuāng jiù bù zài chū xiàn le
阉割手术，那么这些婚姻装就不再出现了。

sè cǎi bīn fēn de pào dàn yú
色彩缤纷的**炮弹鱼**

zài wǒ guó nán hǎi shān hú jiāo zhōng shēng huó zhe yì zhǒng shēn tǐ chéng
在我国南海珊瑚礁中，生活着一种身体呈
líng xíng de shí fēn xiōng měng de yú pào dàn yú
菱形的十分凶猛的鱼——炮弹鱼。

zhè zhǒng yú de wài xíng hěn xiàng yí gè pào dàn tā de yí duì yǎn
这种鱼的外形很像一个炮弹。它的一对眼
jing zhǎng zài bèi bù de zhōng jiān shǐ tā de tóu bù zhàn qù quán shēn de yì
睛长在背部的中间。使它的头部占去全身的一
xiǎo bàn tā de bèi bù hái yǒu yì tiáo cháng cháng de jǐ gǔ lóng qǐ yǔ
小半；它的背部还有一条长长的脊骨，隆起与

脊背成直角，很像枪上的扳机，因此又叫它为“扳机”。

炮弹鱼

炮弹鱼有一副坚硬的牙齿，很多鱼类都怕它，不过它最喜欢吃的是海星和海胆。炮弹鱼的嘴和眼睛离得很远，这是在漫长进化岁月中形成的，以防在取食时，被身上长满长棘刺和刺皮的海胆和海星刺伤眼睛。当炮弹鱼与棘刺长达30厘米的长刺海胆对阵时，就需要动一番脑筋了。海胆除了口部外，满身是刺，并把口部隐藏在身体的底部，使敌人无从下口。为了享用那鲜美可口的海胆汁，炮弹鱼巧施战术。它先猛吸一口水，用力向海胆喷去，使海胆倒转过去，然后袭击那不设防的口部。如果这一招

shī líng tā biàn yǎo zhù hǎi dǎn shēnshang de yì gēn cháng cì bǎ hǎi dǎn
失灵，它便咬住海胆身上的一根长刺，把海胆
cóng hǎi dǐ lā shàng shuǐ miàn rán hòu fàng diào dāng hǎi dǎn xià chén shí tā
从海底拉上水面，然后放掉；当海胆下沉时，它
què zǎo yǐ zài hǎi dǐ děng hòu dài hǎi dǎn chén dào hǎi dǐ shí tā yì kǒu
却早已在海底等候；待海胆沉到海底时，它一口
jiù néng yǎo zhòng hǎi dǎn de kǒu bù měi měi de bǎo cān yí dùn
就能咬中海胆的口部，美美地饱餐一顿。

yíng yǎng bǎo jiàn yú fēi yú
“营养保健鱼”鲱鱼

fēi yú yě chēng liàn huò qīng yú shēn tǐ cè biǎn bèi bù qīng hēi
鲱鱼也称鰊或青鱼。身体侧扁，背部青黑
sè fù bù yín bái sè yǒu xì ruò léng lín tǐ cháng yuē lí mǐ
色，腹部银白色，有细弱棱鳞。体长约20厘米。
shēng huó zài běi tài píng yáng lěng shuǐ xìng hǎi yáng zhōng fēi yú yóu zhōng hán
生活在北太平洋冷水性海洋中。鲱鱼油中含
dà liàng bù bǎo hé zhī fáng suān qí zhī dàn bái mì dù dī yǒu jiàng dī
大量不饱和脂肪酸。其脂蛋白密度低，有降低
xuè qīng zhōng gān yóu
血清中甘油
sān suān zhǐ de gōng
三酸酯的功
néng fēi yú yóu
能。鲱鱼油
zhōng zuì zhòng yào
中最重要

鲱鱼

de liǎngzhǒng bù bǎo hé zhī fángsuān wéi tàn xī suān hé tàn
的两种不饱和脂肪酸为“20碳5烯酸”和“22碳
xī suān yī xué yán jiū zhèngmíng zhè liǎngzhǒng zhī fángsuān duì guàn xīn
6烯酸”。医学研究证明，这两种脂肪酸对冠心
bìng xuè xiǎo bǎn níng jí fēng shī xìngguān jié yán màn xìng shènbìngděng yǒu
病、血小板凝集、风湿性关节炎、慢性肾病等，有
míngxiǎn de fǔ zhù liáo xiào ér qiě duì fáng zhǐ rǔ xiàn ái kuò sàn yí
明显的辅助疗效。而且对防止乳腺癌扩散、胰
dǎo sù zhàng ài hé zhì liáo táng niào bìngděng dōu yǒu zuò yòng suǒ yǐ fēi
岛素障碍和治疗糖尿病等都有作用。所以，鲱
yú bèi chēng wéi yíngyǎng bǎo jiàn yú zài nián dài chū yī xué jiè
鱼被称为“营养保健鱼”。在70年代初，医学界
jiù fā xiàn le yì zhǒng qí guài de xiànxiàng shì dài jū zhù zài gé líng lán
就发现了一种奇怪的现象，世代居住在格陵兰
de ài sī jī mó rén chángnián yǐ dòng wù xìng shí wù wéi zhǔ zhī fáng de
的爱斯基摩人，常年以动物性食物为主，脂肪的
shè qǔ liàng jí dà dàn què hěn shǎo yǒu rén dé guān xīn bìng zhè jiù shì
摄取量极大，但却很少有人得冠心病。这就是
bǎo hé zhī fángsuān qǐ le bǎo jiàn zuò yòng fēi yú zhōng bù bǎo hé zhī fáng
饱和脂肪酸起了保健作用。鲱鱼中不饱和脂肪
suān de shù liàng dà zhì liàng hǎo kě míngxiǎn jiàng dī xuè yè zhōngdǎn gù
酸的数量大、质量好，可明显降低血液中胆固
chún hán liàng fáng zhǐ zhī fángchén jī fēi yú fēn bù guǎng yú qún dà
醇含量，防止脂肪沉积。鲱鱼分布广，鱼群大，
yì yú bǔ lāo wǒ guó de huáng bó hǎi hǎi yù shèngchǎn fēi yú fēi
易于捕捞。我国的黄、渤海海域盛产鲱鱼。鲱
yú kě jiā gōngchéngguàn tóu huò yú ròu sōng hái kě pèi jìn zhōngyào jiā
鱼可加工成罐头或鱼肉松。还可配进中药，加
gōngchéng gè zhǒnggāo jí yíngyǎng pǐn yì kě pēng tiáo zuò cài yáo jù yǒu
工成各种高级营养品。亦可烹调作菜肴，具有
hěn gāo de yíngyǎng jià zhí hé bǎo jiàn zuò yòng wǒ guó fēi yú zī yuán fēng
很高的营养价值和保健作用。我国鲱鱼资源丰
fù hé lǐ jiā yǐ kāi fā hé lì yòng bì jiāng lì guó lì mín
富，合理加以开发和利用，必将利国利民。

lóng fèng zhī ròu nán yǐ pì měi de qí kǒu liè fù yú
“龙凤之肉”难以媲美的**齐口裂腹鱼**

qí kǒu liè fù yú shǔ lǐ xíng mù lǐ kē liè fù yú yà kē
齐口裂腹鱼属鲤形目，鲤科，裂腹鱼亚科，
liè fù yú shǔ liè fù yú yà shǔ sú chēng yǎ yú qí kǒu xì jiǎ
裂腹鱼属，裂腹鱼亚属。俗称：雅鱼，齐口，细甲
yú qí kǒu xì lín yú tǐ cháng shāo cè biǎn wěn dùn yuán kǒu xià
鱼，齐口细鳞鱼。体长，稍侧扁。吻钝圆；口下
wèi héng liè zài xiǎo gè tǐ zhōng lüè chéng hú xíng xià hé qián yuán jù
位，横裂（在小个体中略呈弧形）。下颌前缘具
ruì lì de jiǎo zhì xià chún wánzhěng chéng xīn yuè xíng biǎo miàn yǒu xǔ duō
锐利的角质，下唇完整，呈新月形，表面有许多
xiǎo rǔ tū chún hòu gōu lián xù xū liǎng duì yuē děngcháng qí cháng dù
小乳突，唇后沟连续。须两对，约等长，其长度

齐口裂腹鱼

yuē děng yú yǎn jìng tǐ pī xì lín pái liè zhěng qí xiōng qí bù bù luǒ
约等于眼径。体披细鳞，排列整齐，胸鳍部不裸
lù dōu yǒu míng xiǎn de lín piàn tún qí hé gāng mén liǎng cè gè jù dà lín
露，都有明显的鳞片；臀鳍和肛门两侧各具大鳞
yì pái sāi kǒng hòu fāng cè xiàn zhī xià yǒu shù piàn dà lín cè xiàn píng
一排；鳃孔后方、侧线之下有数片大鳞。侧线平
zhí héng guàn yú tǐ de zhōng zhóu bèi qí yìng cì zài tǐ cháng lí mǐ
直，横贯于体的中轴。背鳍硬刺在体长14厘米
yǐ xià de xiǎo gè tǐ jiào qiáng qí hòu yuán jù míng xiǎn de jù chǐ dàn zài
以下的小个体较强，其后缘具明显的锯齿，但在
dà gè tǐ tǐ cháng zài lí mǐ yǐ shàng dōu biàn róu ruò qí hòu yuán
大个体（体长在15厘米以上）都变柔弱，其后缘
guāng huá huò jǐn yǒu shǎo shù jù chǐ hén tǐ bèi bù àn huī sè fù bù
光滑或仅有少数锯齿痕。体背部暗灰色，腹部
yín bái sè bèi qí xiōng qí hé fù qí chéng qīng huī sè wěi qí hóng sè
银白色，背鳍、胸鳍和腹鳍呈青灰色，尾鳍红色。
shēng huó yú zhī liú qīng xī zhōng de gè tǐ tǐ cè yǒu xiǎo hēi bān dá dào
生活于支流清溪中的个体体侧有小黑斑，达到
xìng chéng shú de xióng yú wěn bù xiàn yǒu zhū xīng
性成熟的雄鱼吻部现有珠星。

qí kǒu liè fù yú wéi dǐ céng yú lèi yāo qiú jiào dī de shuǐ wēn
齐口裂腹鱼为底层鱼类，要求较低的水温
huán jìng xǐ huan shēng huó yú jí huǎn liú jiāo jiè chù yǒu duǎn jù lí de
环境，喜欢生活于急缓流交界处，有短距离的
shēng zhí huí yóu xiàn xiàng cí xìng xū líng dá xìng chéng shú xióng xìng yì
生殖洄游现象。雌性需4龄达性成熟。雄性一
bān zài líng dá xìng chéng shú chǎn luǎn jì jié zài yuè cǐ shí
般在3龄达性成熟，产卵季节在3—4月。此时
fán zhí qún tǐ yóu mín jiāng dà dù hé shàng sù zhì qí zhī liú chǎn luǎn luǎn
繁殖群体由岷江、大渡河上溯至其支流产卵，卵
duō chǎn yú jí liú dǐ bù de lì shí hé xì shā shang yì cháng bèi shuǐ chōng
多产于急流底部的砾石和细砂上，亦常被水冲
xià zhì shí xué zhōng jìn xíng fā yù chǎn luǎn hòu de qīn yú dào qiū jì
下至石穴中进行发育。产卵后的亲鱼到秋季（9

—10月）则回到江河深水处或水下岩洞中越冬。它们以着生藻类为食，偶尔亦食一些水生昆虫、螺蛳和植物的种子。摄食时尾部向上翘起，以其发达的下颌角质边缘在岩石上从一端刮向另一端，随刮随吸，在其刚刮取过的岩石上留下明显的痕迹，渔民往往据此判断它的栖息场所。分布于岷江、大渡河等水系，为长江上游的一种重要食用鱼。个体大，一般为0.5—1.0公斤，最大可达4.0—5.0公斤。天然产量也大，在岷江沿岸地区齐口裂腹鱼和重口裂腹鱼为渔获物的优势种群，有时竟达市场供应总量的70%以上。由于肉质肥美，富含脂肪，最为产区居民所喜食。尤以“雅安砂锅鱼头”更是闻名四方。民间传说，光绪年间，雅安举子李景福给慈禧太后进贡了一尾“雅鱼”，慈禧食后。顿觉龙凤之肉难以媲美，随赏赐李景福为知府。齐口裂腹鱼在江中天然鱼苗的数量很多，利用天然鱼苗，养成适宜规格的鱼苗，可作为上游地区中小型水体的放养对象，以发展当地的养鱼业。请注意，其鱼卵有毒，但充分煮熟后仍可食用。

食用珍品**泉水鱼**

泉水鱼属鲤形目，鲤科，野鲮亚科，泉水鱼属。俗称：泉水鱼、油鱼。

体较长，前部圆，后部稍侧扁，腹前部较平，头的背部成弧形。吻圆钝；口裂略呈三角形，上、下唇在口角处相连，唇上有许多排列整齐的小角质凸起；唇部卷入口腔内，张口时，唇外翻扩展为喇叭形，借此吸附于其他物体上。唇后沟限于口角处。须两对，吻须较长，颌须短小。眼小，位于头侧稍后上方。鳞中等大，腹

泉水鱼

部鳞较小，且陷藏于皮下。背鳍无硬刺。体背部灰黑色，腹部灰白色，各鳍微黑；体侧鳞片绝大部分都有黑色边缘，从鳃孔之后至胸鳍前黑色的斑块较粗，故此联成大型黑斑。

泉水鱼栖息于我国南方江河流速较大的水域的中下层，平时喜欢生活于山溪和有流水的岩洞，以及江河有泉源的地方。常以口在江底岩石上刮食附着的动植物及其他有机物质，很少进入地层为污泥的静水水体中，生殖季节游向上游产卵。一般长至重1—1.5公斤始达性成熟。产卵时间约在3—4月，卵产于石缝或石洞中。

泉水鱼分布于长江上游干、支流及珠江水系的西江中上游。泉水鱼为四川、广西、云南常见的食用鱼类。生长速度较慢，常见者约0.5—1公斤，最大个体约3.5—4公斤左右。产量不大，惟其肉质细嫩，肉味鲜美，且富含脂肪，系食用之珍品。鲜肉供药用，有补益元气、止血的功效，主治泻痢、吐血、崩漏等症。

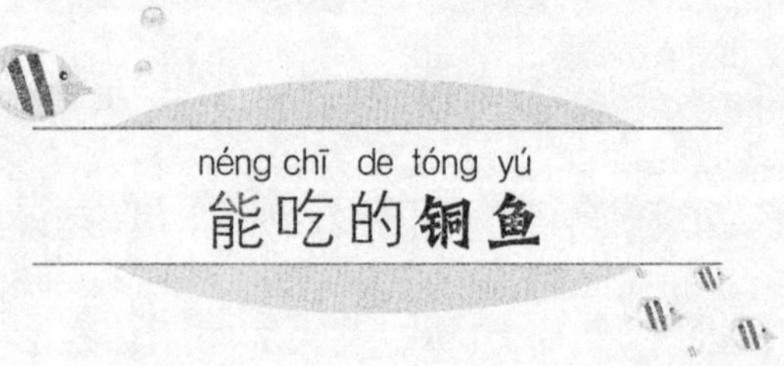

能吃的铜鱼

铜鱼属鲤形目，鲤科，鮈亚科，铜鱼属。俗称：尖头、水密子、尖头棒、尖头水密子、退鳅、假肥沱、麻花鱼、桔棒、竹鱼、黄道士、铜钱扣、金鳅。

铜鱼

体细长，前

端圆棒状，后端稍侧扁。头小，锥形；眼细小；口下位，狭小呈马蹄形；头长为口宽的7—9倍。下咽齿末端稍里钩状；须1对，末端超过眼后缘。胸鳍后伸不达腹鳍起点。体呈黄铜色，各鳍浅黄色。

铜鱼栖息于江河流水环境的下层，习惯于集群游弋，通常一个群体由几十到几百个体组成。冬季至深水河槽或深潭的岩石间隙越冬。性成熟年龄为2—3龄，生殖期为4—6月，多在水流湍急的江段繁殖，受精卵随江水漂流发育，怀卵量为2—20万粒。铜鱼的摄食强度很大，肠管常充满食物。其食物组成主要为淡水壳菜、蚬、螺蛳及软体动物等，其次是高等植物碎片和某些硅藻，属于杂食性鱼类。其鱼苗和幼鱼吞食其他鱼的鱼苗，性极饕餮，为家鱼苗的大敌害之一。

铜鱼多见于长江流域的干支流和有流水灌

注的湖泊中；静水湖泊中较为少见。

长江中另一种圆口铜鱼俗称：肥沱，方头水密子。其形态区别在于口宽阔，呈弧形；须长可达胸鳍基部。胸鳍后伸远超过腹鳍基部。这种鱼生活习性与铜鱼相似，但分布主要在于长江上游，而中游较少。

黄河产的北方铜鱼俗称：鸽子鱼，尖嘴水密子。与普通铜鱼的区别为口较宽，头长为口宽的6倍以下；下咽齿末端斜切。它们的生活习性与普通铜鱼相似，但分布仅限于黄河。

铜鱼生长迅速，在长江、黄河的天然产量很高，一般个体重0.5—1公斤，最大者达3.5—4公斤。在长江上游、汉水中游及黄河流域的清远一带产量极其丰富，为一重要经济鱼类。铜鱼肉质细嫩，味腴美，体内富含脂肪，骨刺较少，因而列为上等鱼品。特别在黄河流域，鸽子鱼久负盛名，当地视为一种珍贵特产鱼品。

铜鱼每年产卵成群进入支流觅食肥育，8—9月逐渐回到干流或在支流寻找越冬场所，此时铜鱼最为肥壮，渔民常称为“退鳅”。

没落鱼**唇鲮**

唇鲮属鲤形目，鲤科，野鲮亚科，唇鲮属。俗称：没六鱼、没落鱼、木头鱼、唇鱼、岩鲮、岩鱼。

石宾光唇鱼

体长筒形，稍侧扁，腹部平，尾柄侧扁。头略钝而稍窄，头顶稍凸；吻圆钝；口大，下位，横裂。吻皮与上唇连合，覆盖上颌，后缘平直，边缘区披颗粒状角质乳突，排列较密。下唇厚，外缘布满小乳突，向颈部伸展成三角形。上下颌边缘锐利，为厚唇所完全覆盖。唇后沟限于口角。眼大，位高，上缘几乎与颅顶平齐。须两对，均细小，颌须常退化。鳞较大，侧线平直；背鳍无硬刺，末根不分枝鳍条柔软，其长远超过头。体呈黄棕色，背部较深，腹部乳白色；体侧从头后至尾鳍基部有灰褐色的鳞间纵纹8—9条；各鳍灰棕色。

唇鲮为江河的中下层鱼类。性喜水质清亮而流急的水域，常顶流而上，渔民谓之“只上水，不落水”，故有“没落鱼”之称。常居山溪有流水的岩洞中，亦呼之为“岩鱼”。此鱼常见的多在6市斤以下，故又名“没落鱼”。每年11月至次年3月，唇鲮随地下水进入与泉水相通岩洞中越冬，刮食着生藻类和有机碎屑。2—5月为繁殖期，在有流水的岩洞中产卵，卵附着于河底砾石上。

chún líng fēn bù yú zhū jiāng shuǐ xì de běi jiāng xī jiāng yún nán yuán
唇鲮分布于珠江水系的北江、西江，云南元
jiāng yě chǎn cǐ yú cháng jiàn chún líng de gè tǐ zhòng gōng jīn zuì dà
江也产此鱼。常见唇鲮的个体重1—2公斤，最大
kě dá gōng jīn ròu nèn wèi měi hán zhī liàng gāo wéi zhēn guì jīng jì
可达5公斤。肉嫩味美，含脂量高，为珍贵经济
yú lèi zài běi jiāng hé guǎng xī guì píng děng jiāng duàn chǎn liàng xiāng dāng kě guān
鱼类，在北江和广西桂平等江段产量相当可观。

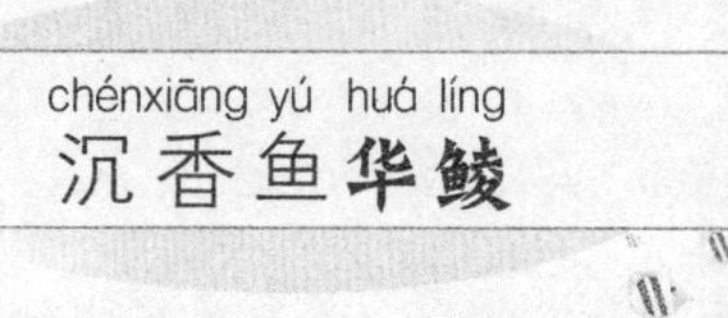

chén xiāng yú huá líng
沉香鱼华鲮

huá líng shǔ lǐ xíng mù lǐ kē yě líng yà kē huá líng shǔ
华鲮属鲤形目，鲤科，野鲮亚科，华鲮属。
sú chēng qīng lóng bàng táo huā bàng yě líng yú qīng yī zǐ
俗称：青龙棒，桃花棒，野鲮鱼，青衣子。
tǐ cháng lüè chéng bàng zhuàng wěi bǐng gāo ér kuān hòu wěn dùn yuán
体长，略呈棒状，尾柄高而宽厚。吻钝圆

华鲮

而突出，口下位，横裂。上唇前部光滑，为游离的吻皮所遮盖，两侧则有细小的乳突；下唇游离部分的内缘有许多小乳状突，下唇与下颌分离，其间有一深沟相隔，上颌为上唇所包。有1对短颌须，吻须常退化。侧线鳞45—47个。体背及体侧青黑色，鳞片紫绿色夹有红色，并具金属光泽；腹部微黄，各鳍灰黑色。

华鲮栖息于水流较急的河流及山涧溪流中，为底栖性鱼类，喜集群生活。常出没于岩石间隙中，在石砾底的基质上觅食，利用下颌锐利的角质边缘刮取着生藻类，也食高等植物的枝叶、碎屑等。入冬以后，华鲮则数十尾甚至上百尾集群在深水洞穴越冬，很少外出活动。2龄即可性成熟。亲鱼于4—6月集群进入支流产卵，产卵场为石砾底质的急流浅滩滩尾。

分布于长江上游干流及各大支流中，尤以川东盆地水流湍急、水质清澈的山涧溪流为多。

生长较缓慢，一般个体为1—2公斤，最大个体可达5公斤，在产地产量较高，是四川省常见食用鱼类。其肉质坚实脆嫩、十分鲜美、富含油脂，与青鱼相似，被视为珍贵食品。

华鲮的缘近种有11种，其中洞庭华鲮（俗称：龙鱼、龙狗鱼、青鱼）分布于湖北长江荆江河段、湖南洞庭湖、沅江水系；桂华鲮（俗称：青衣），分布于珠江水系的西江和北江。它们的形态差异仅在于侧线鳞数为39—44个，而其生活习性及经济价值均与华鲮相似。但生殖季节稍早，珠江流域为3—4月。据说，在广西新和公社沉香潭出产的这种鱼具有沉香味，故又得名“沉香鱼”。

华鲮及其相近种，除去内脏和鲮的肌肉称之为“竹鱼”。其鲜鱼肉入药，具有益气和中、除湿的功效，主治久病体虚、腰腿疼痛等症。

堪称“四大家鱼”之一的**青鱼**

青鱼属鲤形目，鲤科，雅罗鱼亚科，青鱼属。俗称：黑鲩，青鲩，螺蛳青。

青鱼

体长，略呈圆筒形，尾部侧扁，腹部圆，无腹棱。头部稍平扁，尾部侧扁。口端位，呈弧形。上颌稍长于下颌。无须。下咽齿1行，呈臼齿状，咀嚼面光滑，无槽纹。背鳍和臀鳍无硬刺，背鳍与腹鳍相对。体背及体侧上半部青黑色，腹部灰白色，各鳍均呈灰黑色。

一般多在底层多螺蛳的较大水体中、下层中

生活，食物以螺蛳、蚌、蚬、蛤等为主，亦捕食虾和昆虫幼虫。生长快，2—3冬龄可达3—5公斤，最大个体可达70公斤，长江中常见的个体重约15—20公斤。性成熟为4—5龄。4—7月在江河干流流速较高的场所繁殖，生殖后常集中于江河湾道及通江湖泊中肥育，冬季在深水处越冬。

青鱼主要分布于我国长江以南的平原地区，长江以北较稀少；它是长江中、下游和沿江湖泊里的重要渔业资源和各湖泊、池塘中的主要养殖对象，与草鱼、鲢鱼、鳙鱼为我国淡水养殖的“四大家鱼”。

青鱼个体大，生长迅速，为我国重要的经济鱼类。肉质肥嫩，味鲜腴美，尤以冬令最为肥壮。其每百克可食部分蛋白质15.8—19.5克，脂肪2.6—5.2克，热量96—125千卡，钙25—72毫克，磷171—246毫克，铁0.8—0.9毫克，硫胺素0.13毫克，核黄素0.12毫克，尼克酸0.17毫克。

qīng yú ròu xìng wèi gān píng wú dú yǒu yì qì huà shī hé
青鱼肉性味甘、平，无毒，有益气化湿、和
zhōng jié nüè yǎng gān míng mù yǎng wèi de gōng xiào zhǔ zhì jiǎo qì shī
中、截疟、养肝明目、养胃的功效；主治脚气湿
bì fán mèn nüè ji xuè lín děng zhèng qí dǎn xìng wèi kǔ hán yǒu
痹、烦闷、疟疾、血淋等症。其胆性味苦、寒，有
dú kě yǐ xiè rè xiāo yán míng mù tuì yì wài yòng zhǔ zhì mù chì
毒，可以泻热、消炎、明目、退翳，外用主治目赤
zhǒng tòng jié mó yán yì zhàng hóu bì bào lóng è chuāng bái tū děng
肿痛、结膜炎、翳障、喉痹、暴聋、恶疮、白秃等
zhèng nèi fú néng zhì biǎn táo tǐ yán yóu yú dǎn zhī yǒu dú bù yí làn
症；内服能治扁桃体炎。由于胆汁有毒，不宜滥
fú guò liàng tūn shí qīng yú dǎn huì fā shēng zhòng dú bàn xiǎo shí hòu
服。过量吞食青鱼胆会发生中毒，半小时后，
qīng zhě ě xīn ǒu tù fù tòng shuǐ yàng dà biàn zhòng zhě fù xiè hòu hūn
轻者恶心、呕吐、腹痛、水样大便；重者腹泻后昏
mí niào shǎo wú niào shì lì mó hu gǒng mó huáng rǎn jì zhī sāo dòng
迷、尿少、无尿、视力模糊、巩膜黄染，继之骚动、
chōu chù yá guān jǐn bì sì zhī qiáng zhí kǒu tǔ bái mò liǎng yǎn qiú
抽搐、牙关紧闭、四肢强直、口吐白沫、两眼球
shàng cuàn hū xī shēn kuài rú ruò zhì liáo bù jí shí huì dǎo zhì sǐ wáng
上窜、呼吸深快。如若治疗不及时，会导致死亡。

zhòng rén xǐ shí de bái jiǎ yú
众人喜食的**白甲鱼**

bái jiǎ yú shǔ lǐ xíng mù lǐ kē sāi yà kē bái jiǎ yú shǔ
白甲鱼属鲤形目，鲤科，鳃亚科，白甲鱼属。

俗称：白甲，爪流子。

体纺锤形，侧扁，背部在背鳍前方隆起，腹部圆，尾柄细长。头短而宽，吻钝圆而突出，在眶前骨分界处有明显的斜沟走向口角。口下位；下颌具锐利的角质前缘。唇后沟仅限于口角；须退化，仅在全长10厘米以下的幼鱼有两对须或一对须。背鳍外缘略内凹，具有一根后缘有锯齿的粗壮硬刺，其尖端柔软；尾鳍深叉形。鳞中等大，胸腹部鳞片较小。背鳍和臀鳍基部具有鳞鞘，腹鳍基部有狭长的腋鳞。背部青黑色，腹部灰白色，侧线以上的鳞片有明显的灰黑色边缘；背鳍和尾鳍灰黑色，其他各鳍灰白色。

白甲鱼大多栖息于水流较湍急、底质多砾石的江段中，喜游弋于水的底层。每年雨水节前后成群溯河上游，立秋前后则顺水而下，冬季在江河干流的深水处乱石堆中越冬。常以锋利的角质下颌铲食岩石上的着生藻类，兼食少量的摇蚊幼虫、寡毛类和高等植物的碎片。摄食强度最大是在3—4月份，冬季和生殖季节一般都很少或停止摄食。3冬龄达到性成熟，产卵期较长，长江流域为4—6月，珠江流域为2—3月。产卵场多为砾石及沙滩的急流处，卵附着在水底砾石上进行孵化。

白甲鱼分布于长江中、上游干支流和珠江、元江水系。

白甲鱼是长江上游及珠江流域的主要经济鱼类之一。生长速度较快，1—3龄较显著，3冬龄鱼平均为37.1厘米，平均体重达1.14公斤，3冬龄以后增长较缓慢。常见个体为0.25—2公斤，最大个体达6.5公斤。它在产区的捕获物中所占比重较大，肉细嫩，味鲜美，在市场中，除长吻鮠、鲶、铜鱼外，与鲤、倒刺鲃等同居于大众所喜食之鱼类。此鱼很有可能发展成山谷水库的饲养品种。